LE LEGS D'ANDRÉA

par

Marcel Viau

2019

Dépôt légal 2019
Bibliothèque et archives nationales du Québec
Bibliothèque et archives Canada

@ 2019 Marcel Viau. Tous droits réservés
ISBN 978-2-9815701-9-2 (imprimé)

Page couverture : *Informis forma* (acrylique de Marcel Viau)

Pour joindre l'auteur : marcelviau.net.

Chapitre 1 : Zoé dans la nuit

La chaise s'envola comme dans un ralenti au cinéma. La vitre éclata en mille morceaux. Elle la regarda tournoyer dans les airs, virevoltant dans tous les sens, suspendue comme par magie dans l'espace. Puis, elle la perdit de vue. Il ne restait dans son champ de vision que le toit des immeubles gris et le ciel bleu.

Elle entendit le bruit autour d'elle, celui des chaises et des pupitres en pagaille, celui des cris des élèves, celui de sa propre voix qui dominait tous les autres. La scène était surréaliste. Elle était restée plantée là, près de la fenêtre, les bras étendus, se figeant dès que la chaise lui avait échappé des mains. Si agitée avant la chute, elle s'était maintenant immobilisée, étrangement contorsionnée, comme l'un des personnages de bronze de la Porte de l'enfer. Elle ne bougeait plus.

— Ça va aller, Zoé. T'en fais pas.

La voix toute douce provenait de derrière elle. Elle lui arriva aux oreilles dans un écho, un écho lointain, d'au-delà les montagnes, d'au-delà le monde connu. Zoé resta encore un moment sans bouger. Puis, elle se retourna lentement, très lentement.

— Ça va aller.

Elle ne reconnut pas tout de suite l'homme qui lui parlait. Une espèce de halo autour de son visage lui cachait les traits. Il lui sembla qu'il portait un chapeau, un chapeau à large bord, un chapeau de cow-boy, un Stetson. Elle s'attendait à le voir dégainer ses colts en disant *Stick'em up !* comme elle l'avait souvent entendu dans ces vieux films qu'elle aimait regarder naguère avec son père. Ils étaient en noir et blanc. Allez savoir pourquoi papa préférait des films si vieux. Il y avait des chevauchées fantastiques, des attaques de diligences, des bagarres à n'en plus finir, de belles femmes à sauver. Elle s'était toujours demandé pourquoi seulement les hommes se battaient. Et les femmes alors ? Elle n'avait jamais osé poser la question.

Enfin, tout se remit à bouger autour d'elle. Elle aperçut des corps, puis des visages. Des filles pleuraient, des garçons criaient. Les autres étaient pétrifiés. Elle vit les meubles éparpillés, certains brisés. Elle ne comprenait pas. Elle regarda l'homme en face d'elle. Il ne portait plus de Stetson. C'était monsieur Perreault, le directeur du CÉGEP. Il approcha la main vers son bras, la toucha et lui dit :

— Ça va aller, Zoé. Viens ! Viens avec moi !

Elle le regarda sans comprendre, mais elle se laissa faire sans mot dire. Il la prit par les épaules et l'entraîna vers la porte de la classe où se tenait un gardien de sécurité. M Perreault fit signe au gardien d'attendre.

— Tu connais M. Berthier, Zoé.

Elle fit oui de la tête.

— Lui et moi, nous allons t'accompagner vers l'ambulance. Tu es d'accord ?

Elle hocha encore une fois la tête. Mais elle n'était pas là, elle était ailleurs, perdue dans de lointaines contrées, au milieu de la forêt de conifères. Elle était en haut de la piste, concentrée à l'extrême sur ce qu'elle s'apprêtait à faire. Elle examinait le panorama. C'était beau ! Un brouillard dissimulait les cimes, comme pour lui dire de ne pas s'en faire parce que Dieu lui cachait ce qui était mauvais. La piste, elle, était claire et nette, un chemin blanc tracé dans le vert sombre des arbres. Un chemin pur, virginal. Un chemin qui la rassurait par sa rectitude, par sa droiture. Au moins, ici, au sommet de la piste, elle savait où sa vie la menait.

Mais elle avait tort.

Elle marcha comme dans un rêve, encadrée et soutenue par les deux hommes. Des têtes sortirent dans l'encadrement des portes des classes. Tout le monde avait entendu le vacarme et voulait en connaître la cause. Des visages juvéniles ahuris la regardèrent en silence. Elle vit se refermer sur elle les murs du corridor verdâtres et sales. Elle se sentit prisonnière de cases grises et cabossées prêtes à lui tomber dessus et à la dévorer.

Puis, elle aperçut une petite lueur au bout du long couloir. La lueur se rapprocha inexorablement au fur et à mesure de ses enjambées. Une lueur. Oui, une lueur blanche comme la piste de neige qu'elle avait descendue à toute allure, encore une fois. Comme elle se sentait vivre alors. Le vent sifflait, le froid cinglait ses joues, ses membres parfaitement coordonnés lui donnaient de la force et de la puissance. Elle parvenait à tout oublier, à s'oublier elle-même, à oublier ce qui la rongeait de l'intérieur et qu'elle ne comprenait pas. Elle savait où la piste la menait et elle savait ce qu'il y avait au bout. Elle contrôlait alors sa vie en laissant derrière, dans la neige poudreuse soulevée par son passage, ses regrets, sa colère, sa peur.

Arrivée à la porte du collège, elle comprit que la lueur blanche n'était qu'une illusion. La lumière du soleil était trop puissante. Elle couvrit ses yeux avec la main. Deux ambulanciers l'attendaient devant un gros camion jaune citron. Zoé recula un peu lorsqu'ils s'approchèrent d'elle. M. Perreault la rassura :

— Je resterai avec toi, Zoé. Je t'accompagnerai. Ne t'en fais pas.

Elle accepta de se coucher sur la civière, un geste qui lui rappela de très mauvais souvenirs. On l'enveloppa délicatement, ensuite on empoigna la civière et on l'introduisit dans le fourgon. M. Perreault monta avec l'une des ambulancières.

L'ambulance repartit sans faire fonctionner la sirène.

L'ambulancière s'approcha tout doucement du bras de Zoé avec une seringue et lui injecta un produit. Elle ne réagit pas. M. Perreault, assis de l'autre côté de la civière, lui prit la main, sans la serrer. En fait, il déposa simplement sa main sur la sienne et la regarda fermer les yeux.

Elle vit par la fenêtre défiler les maisons et les poteaux d'électricité. Elle essaya d'ouvrir un peu plus les paupières pour voir le ciel, mais elle en était incapable. Elle se retrouvait maintenant dans le parc, tout près de la maison de ses parents, habillée pour l'hiver rigoureux qui sévissait à cette époque de l'année. Elle ressemblait à une petite boule de couleur avec son gros manteau rose, des bottes assorties, sa tuque à pompon, ses mitaines trop grandes pour elle.

Son père tirait le traîneau dans laquelle elle était assise. Ce n'était jamais assez rapide pour elle. Elle lui criait : « plus vite, papa, plus vite ». Son père tournait alors son visage vers elle en souriant, puis repartait à tirer de plus belle. Elle n'apercevait que son dos. Il accélérait le pas en se penchant un peu plus en avant.

Elle se voyait monter la petite colline. Totalement inutile l'été, celle-ci devenait l'hiver la plus formidable glissade de neige. Arrivés au sommet, son père s'assoyait le premier dans le traîneau, puis la faisait asseoir entre ses jambes en l'ancrant bien entre les cuisses pour qu'elle ne tombe pas. Il prenait solidement en main la corde qui servait de guide en lui criant : « t'es prête, ma petite chatte ». Bien sûr qu'elle était prête. Elle était toujours prête quand papa l'entourait ainsi de ses bras. Elle se sentait tellement en sécurité alors. Il ne pouvait rien lui arriver. Son papa était là.

Le traîneau dévalait la colline, lentement d'abord, puis de plus en plus vite. Elle s'entendait crier de joie. Elle n'avait jamais eu peur. Jamais. Au contraire, il montait en elle une sensation de plénitude, une espèce de lumière qui lui faisait battre le cœur et rosir les joues. C'était du pur bonheur. Elle se sentait invulnérable, capable de tout, de voler si elle avait pu. Tout en bas, quand le traîneau ralentissait, elle se balançait d'avant en arrière, comme si cela pouvait faire avancer encore un peu plus le traîneau. Mais c'était peine perdue.

« T'as aimé ça ? ». Son père la serrait très fort dans ses bras en l'aidant à sortir du traîneau. « Encore ! Encore ! », lui répétait-elle. Et le manège recommençait. Ce n'était jamais elle qui voulait terminer le jeu. Il arrivait même qu'elle pleure au moment d'arrêter. Son père, patient, lui disait alors : « T'en fais pas, ma petite chatte, nous reviendrons demain. T'en fais pas ».

— Est-ce qu'elle va bien ? demanda M. Perreault.

Zoé entendit ces mots résonner dans ses oreilles comme si elle était dans une cage de fer-blanc.

— Oui, ça va. Je lui ai donné un sédatif afin qu'elle dorme un peu. Elle est en état de choc.

Tout en le regardant, M. Perreault se souvint de ces pénibles moments à son collège. Un étudiant était arrivé en courant dans son bureau en lui disant que des événements graves étaient en train de se produire dans la classe de Mme Potvin. Il n'avait pas hésité à descendre l'escalier en courant et à se diriger vers la classe où il y avait tant de raffut. En y repensant, il n'avait pas été prudent. Avec tout ce que l'on entendait sur les loups solitaires tirant sur tout ce qui bouge dans les écoles, il n'avait vraiment pas été prudent. Mais de telles choses ne pouvaient pas arriver ici, dans son CÉGEP, à Québec, une ville si tranquille. Non, il n'avait pas réfléchi.

En arrivant devant la porte de la classe, il avait eu un moment d'hésitation. Ne devait-il pas appeler la police ? C'est alors qu'il l'avait aperçu, très agitée, projetant dans tous les coins chaises et bureaux. Elle était comme folle, les yeux exorbités. Ses cris étaient profonds et rauques. Des cris de rage. Les étudiants, paniqués, s'étaient écartés d'elle, la laissant à ses actes furieux et désordonnés. Mme Potvin restait debout sur l'estrade, collée à son tableau. Elle ne bougeait pas, paralysée. Elle d'habitude si autoritaire et tellement en contrôle ne pouvait plus rien faire. Elle tremblait de tous ses membres.

M. Perreault était entré tout doucement en faisant attention à ne pas effrayer davantage Zoé. Celle-ci venait de projeter la chaise par la fenêtre et s'était immobilisée dans cette pose burlesque. Autant tout le monde criait et pleurait autour de lui, autant il gardait un calme olympien. Rendu tout près d'elle, il lui avait dit :

— Ça va aller, Zoé. Ne t'en fais pas.

La petite Zoé ! M. Perrault avait eu maille à partir avec elle. Elle s'était retrouvée une ou deux fois dans son bureau pour des fautes ou des délits mineurs. Il avait déjà été question de l'expulser du collège à cause de son comportement erratique. D'une part, jusqu'à maintenant les petits problèmes qu'elle avait n'étaient pas suffisants pour mériter une expulsion. D'autre part, il connaissait son parcours et savait d'elle des choses que seul un directeur de CÉGEP pouvait savoir. Elle avait besoin d'aide.

Il avait souvent tenté de se rapprocher d'elle. Chaque fois qu'il la voyait assise devant lui, il avait essayé de la faire parler. Jamais il n'aurait voulu la punir inconsidérément, cherchant plutôt à la rassurer. C'était un chat sauvage blessé. Il la revoyait assise enfoncée dans sa chaise, une jambe relevée sur le siège, le visage fermé, les bras croisés.

— Qu'est-ce qui t'arrive Zoé ? lui disait-il parfois de sa voix la plus douce et la plus rassurante.

La plupart du temps, elle ne répondait pas, se contentant de le fusiller du regard. La dernière fois qu'elle était venue à son bureau, il y avait de cela quelques semaines, il avait une nouvelle fois tenté de lui parler.

— Zoé, je sais que les choses ne vont pas très bien pour toi. Pourquoi ne veux-tu rien me dire ?

Cette fois elle avait répondu presque en hurlant.

— De quoi vous mêlez-vous ? Qu'est-ce que vous en avez à foutre de moi ? Vous n'êtes pas mon père. Fichez-moi la paix !

Pour la première fois, M. Perrault avait senti une petite, une toute petite ouverture. Il l'avait laissée se calmer et lui avait dit.

— Tu sais, tu n'es pas seule... Tu n'es pas seule.

Il l'avait senti faiblir. Les larmes lui étaient venues aux yeux, larmes qu'elle avait rapidement réprimées en tournant la tête.

— On est toujours seule. On naît seule et on meurt seule.

M. Perrault s'était pris d'affection pour cette jeune fille qui montrait tant de profondeur. Il s'était aperçu au cours de ses rencontres qu'elle n'était pas comme les autres. Il y avait en elle une force de vie peu commune qu'elle contrôlait si mal pourtant. Elle s'agrippait comme elle pouvait, convaincue que si elle lâchait quoi que ce soit, elle tomberait dans un gouffre sans fond. Il comprenait bien ce qu'elle vivait. Il aurait tant voulu l'aider. Comment faire pour qu'elle se laisse convaincre ?

L'ambulance roula vers l'hôpital plutôt lentement en respectant les feux de signalisation. Il n'y avait rien d'urgent maintenant. Elle s'était endormie.

M. Perreault la regarda dormir. Son visage était beau, calme, comme celui d'un enfant.

***

Zoé ouvrit péniblement les yeux. Il lui sembla qu'un marteau piqueur lui taraudait le cerveau. Elle regarda autour sans reconnaître le lieu où elle était : un espace ouvert avec juste la place pour mettre un lit (une civière plutôt) fermé par des rideaux. À gauche, un rideau, derrière et sur le côté, des murs. À sa droite, le mur était percé d'une petite fenêtre permettant de voir à l'extérieur. Il faisait jour. Le soleil était haut dans le ciel. Combien de temps avait-elle dormi ? Où était-elle et pourquoi était-elle ici ? Les souvenirs commençaient à lui revenir par bribes. Une chaise qui vole devant elle. De la confusion, des cris, des pleurs. L'image fugace d'un cowboy avec un Stetson sur la tête. Une longue promenade dans un couloir malicieux qui voulait la dévorer. L'ambulance. Puis, plus rien.

Elle jeta un coup d'œil vers le seul espace ouvert du cubicule à l'avant. Elle vit un homme dans un uniforme qu'elle ne reconnut pas. Il était assis sur une chaise droite et lisait un livre.

— Où est-ce que je suis ? dit-elle dans un souffle.

L'homme en uniforme leva la tête, la vit qui tentait de se lever et fit un geste en direction de quelqu'un. Une femme arriva aussitôt.

La femme d'un certain âge et d'une certaine corpulence bloqua l'ouverture. Des cheveux châtain clair, sûrement teints, coiffés dans le style « boule de grosses quilles » ou « casque de moto », c'est selon. Elle avait des petits yeux verts pénétrants et portait un vêtement qui devait être celui de l'uniforme des infirmières de l'établissement.

Zoé comprit qu'elle était dans un hôpital. Elle s'était assise sur la civière, avait relevé les jambes qu'elle tenait serrées contre elle. Elle ne bougeait pas et regardait le pied du lit.

— Ça va un peu mieux aujourd'hui ? dit l'infirmière.

Elle prit du temps à assimiler la question. Elle répondit par une autre question.

— Qu'est-ce que je fais ici ?

— Tu es à l'Hôtel-Dieu.

— Pourquoi lui ? demanda-t-elle en désignant l'homme en uniforme.

— Parce que lorsqu'on t'a emmené à l'urgence, tu étais en état de crise. Tu te souviens de ce qui t'a amenée ici ?

— Oui, bien sûr... Je ne suis pas folle...

Cette phrase lui avait échappé. Ce n'est pas ce qu'elle voulait dire. Mais la situation était tellement étrange et l'angoisse était telle qu'elle ne maîtrisait que partiellement ses pensées et la façon dont les mots sortaient.

— Je ne le pense pas non plus, dit l'infirmière.

Zoé la regarda pour la première fois dans les yeux et s'aperçut qu'elle ne lui voulait aucun mal. Elle était calme et paisible, comme sa mère dans ses bons moments.

— Nous allons bientôt t'apporter un plateau de nourriture.

— Je n'ai pas faim.

Sa réaction lui rappela les dîners en famille, au temps où ils étaient tous réunis, son père, sa mère et elle. Elle n'avait jamais faim. « Tu ne fais que picorer dans ton assiette. Un vrai moineau. Il faut que tu manges si tu veux grandir. » En réalité, elle était plutôt capricieuse quant à la nourriture. Elle n'aimait pas n'importe quoi. Et comme sa mère n'était pas une cuisinière hors pair, elle rechignait devant des plats souvent répétitifs.

— Ça ne fait rien. Tu mangeras ce que tu voudras.

— Quand pourrais-je sortir d'ici ?

— Pas avant demain, j'en ai bien peur. Tu devras voir le docteur d'abord. Puis après...

L'infirmière s'arrêta, hésitant à donner la mauvaise nouvelle.

— Après ?...

— Si le médecin donne son accord, tu devras être amené par la police au Tribunal.

À ce moment, elle prit conscience totalement de ce qui lui arrivait. Elle en était abasourdie. Ce qu'elle avait fait n'avait pas de sens. Elle le savait. Pourquoi avoir fait une telle chose ? Ce n'était pas elle, ça. Avait-elle causé des accidents ? Avait-elle blessé des gens ?

— Est-ce que j'ai fait du mal à quelqu'un ? demanda-t-elle.

— Je ne sais pas, ma belle. Je ne sais pas. Tu en sauras plus demain lorsque tu parleras au docteur. En attendant, tu resteras une autre nuit ici en observation.

Elle se recroquevilla de nouveau en baissant la tête.

— Tu n'as rien à craindre. Nous prendrons soin de toi.

— Est-ce que je suis folle ?

L'infirmière s'approcha du lit, tendit le bras vers les cheveux de Zoé pour les caresser. Celle-ci se recula d'abord par réflexe. Pourtant, elle se laissa faire.

— J'en serais étonnée, ma belle.

Cette nuit-là, Zoé se réveilla en sursaut, toute en sueur. Le cauchemar était affreux. Elle était cloîtrée dans un cercueil, encore vivante. Elle frappait sur les parois, se cassait les ongles en grattant le bois dur. Elle étouffait. Elle avait beau hurler, personne ne l'entendait. Personne ne lui venait en aide.

En regardant autour, hagarde, elle retrouva le même cubicule de la veille. Elle entendit les respirations profondes et les ronflements légers des autres patients de la salle d'urgence. Aussi, les pas feutrés des infirmières venant donner des soins en murmurant à l'un ou l'autre des grabataires.

Elle était dans un trou noir, profond. Elle s'enfonçait dans la nuit. Une angoisse terrible l'étreignait. Elle ne s'en sortirait jamais. Elle avait pourtant essayé. Son père lui avait tellement dit comment elle était forte : « Tu n'as besoin de personne ». Il lui disait qu'en comptant sur elle-même, elle pouvait affronter n'importe quoi. Ce n'était pas vrai. Il avait tort. Elle aurait aimé lui crier qu'il avait tort. Elle n'était pas forte. Et elle ne se suffisait pas à elle-même. Elle était paniquée, elle avait peur, peur de sombrer définitivement.

Elle leva les yeux vers l'extérieur. La nuit sans lune laissait transparaître les étoiles plus nombreuses que d'habitude. Elle pensa au Petit Prince et à l'allumeur de réverbères. Elle avait tant aimé cette histoire que son père lui lisait avant de s'endormir. Elle se rappelait encore aujourd'hui de grands pans de ce poème en prose. Elle avait toujours eu une mémoire d'éléphant.

Elle continua à observer la nuit. Un chant monta spontanément en elle. Zoé avait adoré faire partie de la chorale de l'école. Elle était douée et apprenait vite. *L'hymne à la nuit*, elle l'avait appris par cœur sans en comprendre vraiment la signification. Elle se souvint qu'il se passait quelque chose en elle chaque fois qu'elle le chantait, une espèce de bien-être disparu depuis très longtemps. Elle se mit à chantonner tout bas :

Ô nuit ! Toi qui fais naître les songes
Calme le malheureux qui souffre en son réduit
Sois compatissante pour lui.
Prolonge son sommeil, prends pitié de sa peine
Dissipe la douleur, nuit limpide et sereine.

Ô Nuit ! Ô laisse encore à la terre.
Le calme enchantement de ton mystère.
L'ombre qui t'escorte est si douce,
Est-il une beauté aussi belle que le rêve ?
Est-il de vérité plus douce que l'espérance ?

« Est-il de vérité plus douce que l'espérance » ? Une soudaine chaleur l'envahit. Elle provenait des étoiles qui, par compassion, avaient daigné partager avec cette enfant perdue leur rayonnement emmagasiné depuis des millénaires. La nuit n'était plus une chape de plomb qui écrase les humains en les enfermant en eux-mêmes, en les emprisonnant. La nuit s'ouvrait en laissant échapper la lueur vacillante des étoiles venues réchauffer l'âme froide et morte de Zoé. Une lumière ! Oui, une lumière calme et bienfaisante.

« Est-il de vérité plus douce que l'espérance ? »

***

Zoé venait de se réveiller de sa deuxième nuit à l'urgence. L'homme assis sur la chaise en face de son cubicule avait disparu. Elle reconnut sa petite culotte au pied de son lit ; elle se dépêcha à l'enfiler. Elle ne trouva rien d'autre de ses effets personnels. Elle dut garder sa jaquette blanche qui ne s'attache pas derrière le dos. Sans sa culotte, on lui aurait sans doute vu les fesses. Non pas qu'elle fut prude outre mesure, mais quand même. Elle avait toujours détesté cet accoutrement, le même qu'à l'hôpital de traumatologie où elle avait été soignée naguère. Elle se sentait toute nue même avec ce tissu qui cachait l'essentiel de son corps. Elle mit les pantoufles fournies par l'établissement et suivit la préposée venue la chercher avec un joyeux : « Bonjour, elle va bien aujourd'hui, la petite dame ». Cette expression était tellement incongrue que Zoé regarda de part et d'autre de la pièce pour retrouver « la petite dame ». Lorsqu'elle comprit que c'était elle, elle fit une grimace et se mit à chercher ses vêtements.

— Où sont mes hardes ?

La femme la regarda avec des yeux de merlans frits en se demandant vraisemblablement ce qu'elle voulait dire. On pouvait lire sur l'épinglette attachée à sa poitrine : « Sandy, préposée aux bénéficiaires ». Zoé s'était toujours demandé quel fonctionnaire débile avait trouvé une expression aussi grotesque. Avait-il gagné le prix du meilleur employé du mois pour sa trouvaille ?

— Ben oui. Mon jeans, mon T-shirt, mes basquets, mon portable, mes bijoux,

— Ah oui. Nous les gardons. La petite dame les retrouvera lorsqu'elle sortira.

— Pourquoi ?

— C'est la règle.

— Maudite règle de fou !

Zoé ajouta ensuite.

— Puis je ne suis pas ta petite dame. Je m'appelle Zoé.

— OK, Zoé. Tu viens prendre ton petit déjeuner et ensuite on te conduira chez le bon docteur.

Elle s'attendait à une grande cafétéria bruyante, comme celle de l'hôpital de traumatologie où elle avait été soignée quelques années auparavant. Or il s'agissait d'une salle relativement petite aux murs colorés. On avait voulu reproduire, avec plus ou moins de succès, une salle à manger familiale. C'était la nouvelle stratégie des hôpitaux : créer des petites unités afin que les patients se sentent davantage dans un foyer que dans une usine à soin sans âme.

— Schalut !

Le mot provenait d'une jeune fille au visage tout rond où perçaient des yeux tout ronds recouverts de lunettes toutes rondes, des cheveux courts et noirs, un nez retroussé et les dents de devant proéminentes, très proéminentes. Voilà sans doute ce qui la faisait chuinter ainsi.

Elle ne répondit pas à son salut et alla s'asseoir dans un coin, le plus éloigné possible des autres. La jeune fille s'approcha d'elle avec un cabaret à la main et un grand sourire de gencives.

— Tchiens ! Il faut que t'ailles te schervir.

Elle saisit le cabaret et alla sans mot dire attraper quelques toasts et un verre de lait. Elle revint s'asseoir à sa table et commença à manger en regardant son assiette. La jeune fille aurait bien voulu l'accompagner, mais Sandy, la préposée, lui signifia par signes que ce n'était pas le moment. Elle se rassit, déçue.

Dès qu'elle eut terminé son frugal repas, elle suivit Sandy jusqu'au bureau du médecin, le « bon docteur » comme elle l'appelait. « Tu verras, il est gentil le bon docteur ». Quand elle ouvrit la porte, elle fut surprise de voir qui était assis derrière le bureau. Elle s'attendait à un vieillard décrépit chauve et à lunettes cerclées d'acier. C'était plutôt un homme encore jeune, fin de la trentaine peut-être, un rouquin aux cheveux courts et à la barbe de trois jours à la mode chez les *dinks*. Ses yeux marron ressemblaient à ceux d'une belette, se dit-elle sur le coup. Malgré un air que le docteur voulait engageant, elle ne se sentit pas en confiance. Il l'invita à s'asseoir. Elle obéit en prenant un air renfrogné.

— Bonjour Zoé… C'est bien Zoé n'est-ce pas ?

Ben sûr que c'était Zoé. Il le savait. Le bon docteur avait sur son bureau un dossier qu'il feuilletait lentement et qu'elle a tout de suite supposé être le sien.

— Ouais !

— Alors Zoé, comment ça va ce matin ?

Elle ne répondit rien et se contenta de soulever les épaules en voulant dire « couci, couça ». Tout ce qui l'intéressait maintenant, c'était de sortir d'ici, de partir au plus vite et loin. Elle détestait se sentir prise en charge, contrôlée, entravée dans ses actions. Elle ne pouvait supporter qu'on lui dise quoi faire, comment s'habiller, où aller. Sa mère avait cessé depuis belle lurette de faire pression sur elle. Elle avait renoncé à son rôle de mère il y a longtemps déjà. De toute façon, elle en était incapable dans l'état où elle était, dans lequel elle avait toujours été du plus loin qu'elle se souvienne.

À un moment, elle se mit à bâiller sans retenue. Décidément, cet homme l'ennuyait à mourir. Elle chercha quelque chose dans sa jaquette, comme si celle-ci avait eu des poches. Le docteur lui avança une boîte de mouchoir en papier. Elle en prit quelques-uns, se moucha et s'essuya les yeux.

— Un début de rhume, dit-elle comme pour s'excuser.

— Bien sûr ! Un bon rhume qui te fait dilater les pupilles et te rendre si déprimée.

Elle fut surprise par cette réflexion. Elle leva les yeux vers lui comme pour l'interroger, mais s'en abstint. Le bon docteur ne continua pas tout de suite. Il feuilleta de nouveau le dossier devant lui avant d'ajouter.

— Tu as déjà eu un grave accident, Zoé ?

Elle se renfonça davantage dans son siège et croisa les bras en baissant la tête.

— Oui et alors ! Est-ce que je peux sortir maintenant ?

— Je vois ici que tu as eu de nombreuses fractures après un accident de *snowboard*. Un peu plus et…. attends… oui… un peu plus et la colonne était touchée. T'es restée… voyons… plusieurs semaines dans un centre de réadaptation. C'est bien ce que j'appelle un grave accident.

Elle se déplaça sur sa chaise, de plus en plus mal à l'aise. Ce bon docteur lui faisait remonter à la surface des impressions qu'elle avait cherché à refouler quelque part au fond d'elle-même depuis des années, sans résultat. Ces maudits souvenirs revenaient sans cesse la hanter. Pourquoi était-ce arrivé ? Elle connaissait pourtant sa routine par cœur. Elle la répétait inlassablement tous les jours devant son miroir, à l'entraînement, même à l'école parfois, ce qui faisait bien rire ses copines. Que s'était-il passé ce jour-là ? Il faisait beau, pas de vent non plus. Elle se sentait en forme, tout à fait sûre d'elle. Elle avait plaisanté avec Jessy, son co-équipier et émule à l'entraînement. Elle n'avait pas encore trouvé de réponse à cette lancinante question. Et cela la désespérait. Elle entendit comme en écho la voix du bon docteur lui disant.

— C'est bien à ce moment-là que tu as commencé un traitement d'Oxycodon ?

C'est donc à cela qu'il voulait en venir. Elle se redressa sur sa chaise et répondit d'un air de défi.

— Vous croyez que je suis une droguée ?

Au lieu de nier, il lui répondit par une autre question.

— Qu'en penses-tu ?

Elle prenait depuis longtemps ces « médicaments », depuis ce foutu accident qui avait stoppé net son rêve. Ils lui étaient devenus indispensables. Elle ne pouvait pas s'en passer. Dès qu'elle voulait cesser ou même réduire sa consommation, les douleurs reprenaient de plus belle, insupportables. Elle ne dormait plus, vomissait, avait de la diarrhée.

— Ce que tu as, ce sont des symptômes de manque, continua le bon docteur.

Elle le savait très bien. Son médecin traitant à l'hôpital l'avait prévenue des effets néfastes si elle en prenait trop longtemps. Il avait voulu la sevrer progressivement lorsqu'elle était partie de l'hôpital, mais elle n'avait plus donné de nouvelles. Elle avait un temps été capable de s'en procurer chez d'autres médecins jusqu'à maintenant, mais comme elle dépassait toujours la quantité acceptable, elle entrevoyait le jour où elle devrait se procurer sa dose sur la rue.

— On a fini là ? Je peux partir ?

— Tu ne peux pas partir, Zoé. Pas comme ça. Je dois déterminer si tu es apte à subir ton procès.

— Mon procès ?... Pour avoir brisé quelques meubles ?

— Tu ne crois tout de même pas que ce qui s'est passé restera impuni. Tu as bien failli tuer des gens, Zoé.

— Qu'est-ce que vous dites là ! J'ai seulement lancé une malheureuse chaise par la fenêtre…

— … qui s'est retrouvée dans la rue et a provoqué un accident ?

Elle tomba des nues. Elle ne le savait pas. Tout ce dont elle se souvenait, c'était du vacarme dans sa classe et de la chaise lui échappant des mains. Elle ne s'était même pas imaginé que celle-ci avait pu aboutir dans une rue passante. De toute façon, elle n'avait plus toute sa tête. Comment aurait-elle pu concevoir une telle chose ?

— Je.. Je... ne savais pas. Y a-t-il eu des blessés ?

— Non, heureusement. Mais tu devras passer quand même devant le juge.

— Est-ce que... je vais... aller en prison ?

— Je ne sais pas, Zoé. Il est certain que si tu as une bonne attitude devant le juge...

Elle sembla maintenant désemparée. Elle vit clairement les conséquences de son geste insensé. Ce n'est pas ce qu'elle avait voulu. Elle était tellement en colère, contre son enseignante, contre la société... contre elle-même surtout.

— Peux-tu me dire pourquoi tu as fait cela, Zoé ?

— Je ne sais pas... je ne sais pas... a-t-elle marmonné.

Puis elle se redressa de nouveau en fixant le bon docteur dans les yeux.

— Puis qu'est-ce que ça peut vous foutre ?

— Tu es en colère, je le vois bien. Je me demande contre qui ?

Il la regarda longuement. Après plusieurs secondes de silence, il ajouta.

— Tu as besoin d'aide, Zoé. Tu dois te faire aider.

— Je peux partir maintenant ? demanda de nouveau Zoé en soupirant d'un air excédé.

Le docteur la regarda, résigné, et se mit à écrire sur son ordinateur.

— Je vais demander à la préposée de te redonner tes vêtements. Mais tu n'es pas libre pour autant. Tu repartiras d'ici accompagner par un policier qui te conduira dans une cellule. Je rédigerai un rapport pour le juge lui expliquant que tu es apte à subir ton procès.

Le docteur lâcha un coup de fil à quelqu'un. Sandy vient frapper à sa porte et ouvrit. Zoé se leva et se retourna vers la porte. Le docteur l'interpella alors.

— Zoé !

Elle s'arrêta, tourna la moitié du corps et dit d'un ton plutôt agressif.

— Ouais ! Quoi encore ?

— Tu dois te reprendre en main. Tu t'en vas dans le mur, là.

Zoé tourna les talons sans dire un mot et suivit Sandy.

Chapitre 2 : La punition de Zoé

Zoé s'arrêta devant l'entrée du CHSLD. Pourquoi les institutions sociales au Québec ont-elles des sigles si longs et si incompréhensibles? CRSSS, RSPSAT, CÉGEP. On aurait dit des rébus. Elle n'avait pas de réponse à cette question. Elle monta, résignée, les marches de ce Centre d'Hébergement et de Soins de Longue Durée, le CHSLD des Écureuils, et présenta sa lettre au comptoir.

L'adjointe à la direction l'accueillit avec un sourire de circonstance. Elle examina longuement son document. Qu'avait-elle en tête? « Encore une cinglée que nous allons devoir supporter » ou « j'espère qu'elle ne partira pas avec la coutellerie » ou enfin « pourvu qu'elle ne nous fasse pas de crise ». Zoé était incapable de lire dans ses pensées. L'adjointe avait une longue habitude de garder pour elle ses sentiments, ce qui était une nécessité dans ce milieu où elle devait constamment avoir le contrôle de ses émotions. Il y avait tant de gens démunis ici, dans ce lieu qui allait être pour la grande majorité leur dernière demeure. On était vieux, malade ou fortement handicapé, en fauteuil roulant ou alité. Beaucoup n'avaient plus toute leur tête.

Elle n'avait aucun désir d'être ici et cela se voyait sur son visage. Elle y avait été obligée par le juge. C'était sa punition. Lorsqu'elle se présenta au tribunal après une nuit en cellule à sa sortie de l'urgence de l'hôpital Hôtel-Dieu, son cas avait été réglé rapidement. Comme elle n'avait pas d'avocat, on lui en avait commis un d'office. Le petit homme nerveux et maigrelet avait à l'évidence d'autres chats à fouetter. Après avoir pris le temps de regarder pendant quelques minutes son dossier, il lui proposa tout de suite de plaider coupable. « C'est ta première offense. Tu recevras une peine légère, peut-être même une peine avec sursis ». Elle s'en fichait royalement. Tout ce qu'elle voulait, c'était de sortir de là.

Elle était agitée, avait mal partout, se sentait vulnérable et triste. Lorsqu'elle était venue chercher son antidote à l'Oxycodon avant d'arriver au Tribunal, elle avait appris par la pharmacienne que ces troubles faisaient partie des symptômes de sevrage. Zoé n'avait pas pris conscience de sa dépendance avant ces derniers jours. Non pas qu'elle consommait beaucoup. Elle avait parfois rencontré des athlètes comme elle beaucoup plus accros. Elle s'était toujours dit en les voyant : « Je ne serai jamais comme ces pauvres loques. Je suis plus forte ». Elle n'en était plus tellement sûre maintenant.

On la présenta au juge. Elle était la cinquième sur la liste. On aurait dit un supermarché avec une seule caisse. Les prévenus attendaient en ligne pour passer devant un magistrat fatigué et grognon. La machine était bien rodée. Le juge avait un tas de dossiers devant lui, l'avocat de la Couronne résumait brièvement le cas, l'avocat de la défense plaidait coupable, le juge donnait la sentence et le tour était joué. C'était encore plus rapide lorsqu'un pauvre type plaidait non coupable. Le juge fixait le montant de la caution et au suivant…

L'acte d'accusation fut tout aussi bref. Elle avait vaguement compris qu'on l'accusait de troubler l'ordre public ou quelque chose de semblable. Il y avait une circonstance aggravante toutefois puisqu'elle avait non seulement causé des dégâts, mais provoqué un accident. L'avocat de Zoé avait plaidé coupable en mentionnant au juge que c'était sa première offense, que c'était une bonne fille qui étudiait encore au CÉGEP, qu'elle s'occupait de sa mère malade, etc.

Le juge délibéra rapidement. Il la semonça pour sa mauvaise conduite, lui montra la nécessité de se reprendre en main, comme le lui avait dit le bon docteur. Décidément, tout le monde lui voulait du bien. Il la condamna à trois mois de travaux communautaires et à suivre un traitement pour se sevrer de la drogue. Elle devait aussi s'engager à des rencontres des *Narcotiques anonymes*. Elle devait enfin se rapporter régulièrement à son agent de probation pendant la période où elle purgerait sa peine.

Avant de sortir de la cour, on lui fit signer pas mal de paperasse. On lui donna aussi les coordonnées de son agent de probation et fournit une liste d'institutions prêtes à accueillir des gens comme elle. Il lui fallait choisir sur place l'établissement, car on devait avertir les responsables que Zoé s'y présenterait régulièrement. En contrepartie, ceux-ci devaient rendre compte à la cour de son comportement. La liste était courte. Vraisemblablement, peu d'organismes voulaient s'embêter avec ce type de bénévoles qui représentaient pour les employés une responsabilité supplémentaire. Elle choisit le CHSLD des Écureuils parce qu'elle aimait bien ces petits animaux gris ou noirs à belle queue. On lui remit ses bijoux et son portable dont la pile était complètement déchargée. De toute façon, qui pouvait-elle bien appeler ?

Son agent de probation n'avait pas voulu qu'elle commence dès maintenant à purger sa peine. Elle devait d'abord suivre son traitement et surtout assister à plusieurs rencontres des *Narcotiques anonymes*. Cela faisait maintenant plus d'un mois qu'elle ne prenait plus d'Oxycodon. Elle commençait à voir de l'amélioration sur le plan physique. Les NA avaient aussi été une découverte pour elle.

Elle s'y retrouvait avec d'autres personnes ayant le même problème qu'elle.

L'agent lui avait fait passer des tests de sang afin de déceler d'éventuelles traces de drogue. Enfin, il avait signé son accord pour qu'elle effectue ses trois mois de punition. Il lui avait remis une lettre et demandé de se présenter toutes les semaines à son bureau. Il l'avait aussi prévenue qu'il la tenait à l'œil en appelant régulièrement la résidence où elle ferait son bénévolat.

L'adjointe demanda à Zoé.

— As-tu déjà travaillé comme bénévole quelque part.

— Non.

— Tu verras. Ce n'est pas compliqué.

— Est-ce qu'il faudra que je torche les patients ?

L'adjointe la regarda d'un air de dire : « Bon, en voilà une qui ne sera pas facile ».

— Non, non. Ce sont les employés qui s'occupent du bien-être corporel des bénéficiaires.

— Alors, il faudra que je moppe les couloirs. Ça, j'ai déjà fait.

— Non plus. Les bénévoles s'occupent de divertir les patients. Ils jouent aux cartes avec eux ou les aident à faire des puzzles. Quand ils sont en fauteuil roulant, ils les promènent dans les couloirs ou vont dehors par beau temps. Ils font aussi la conversation avec eux, pour ceux qui en sont capables. Tu vois, ce n'est pas compliqué.

— Ouais ! Je vois, dit Zoé sans grand enthousiasme.

L'adjointe remarqua le portable de Zoé dans sa poche arrière.

— Il y a quelques règles qu'il te faudra respecter. Pas de téléphone lorsque tu es dans l'établissement. Tu devras le laisser dans le casier au comptoir en arrivant et on te le redonne en sortant.

— Mais pourquoi ?

— Ça ne s'adresse pas seulement à toi. Tous les bénévoles doivent le faire. On ne veut pas qu'ils passent leur temps à consulter leur SMS ou leur compte Facebook lorsqu'ils sont avec les patients.

Elle lui remit son portable. L'adjointe le déposa dans un casier et lui donna un coupon.

— De toute façon, dit-elle, pour le nombre d'amis que j'ai sur Facebook, ça ne ferait pas une grande différence.

L'adjointe la regarda pour la première fois avec une lueur dans des yeux. Elle lui demanda également.

— Il faudrait aussi que tu modifies ton apparence. Essaie donc de te trouver des jeans qui ne sont pas troués. Puis tes cheveux… Ici, ce sont de vieilles personnes qui n'ont pas l'habitude de voir des jeunes filles comme toi.

— Qu'est-ce qu'ils ont, mes jeans ?

— Ah Zoé…

L'adjointe se pencha sur le document qu'elle avait en main.

— C'est bien Zoé ton nom ?

— Oui.

— Tu peux m'appeler Marie. Zoé, t'es une belle fille, mais tu t'enlaidis. Je ne sais pas pourquoi et ce ne sont pas de mes affaires. Mais ici, les bénévoles n'ont pas pour but d'effrayer les bénéficiaires. Tu comprends ?

— Et si je ne veux pas…

— C'est simple, tu repars comme tu es venue. Je fais un signalement à ton agent de probation et tu retournes en cour.

— C'est dégueulasse !

— Peut-être, mais c'est comme ça. Le boulot ici est très difficile pour tout le monde et nous ne pouvons pas nous permettre de gérer en surplus des cas qui nous viennent de la cour et qui ne veulent pas se plier aux règles. Il y a des limites. Tu comprends ça. Il n'y a pas que toi au monde.

— Ça, je le sais bien qu'il n'y a pas que moi au monde, même si parfois je me le demande…

Encore une fois, une lueur passa brièvement dans les yeux de Marie. Zoé reprit.

— D'accord, j'achèterai de nouvelles fringues, mais je ne vous garantis pas que ce sera pour demain. Pour les cheveux, j'ai un petit foulard ici. Je peux le mettre sur ma tête ?

Elle sortit le foulard avec lequel elle s'entourait le cou parfois, puis enveloppa ses cheveux de façon experte. Elle avait déjà fait cela, c'était évident. L'effet fut immédiat. L'ovale de son visage fut mis en valeur. Un teint mat, des traits classiques et réguliers, des yeux marrons. Elle était vraiment belle, pas de cette beauté flamboyante qui fait tourner les têtes, mais plutôt de celle des statues grecques anciennes.

— Parfait !, lui dit Marie en souriant de toutes ses dents.

Zoé lui rendit son sourire. Son visage s'illuminait littéralement lorsqu'elle souriait. Cela ne lui arrivait presque plus maintenant.

Elle suivit Marie pour une visite rapide de l'établissement. Cet environnement lui était vaguement familier. Il ressemblait aux hôpitaux qu'elle avait fréquentés naguère. Marie lui expliqua que les besoins étaient devenus tellement criants pour une clientèle de plus en plus âgée qu'il avait fallu fermer cet hôpital ouvert par les religieuses dans les années trente, mais devenu trop petit pour les besoins de première ligne. Il avait été réaménagé pour en faire un CHSLD.

Pendant leur promenade, elle put se faire une idée de la clientèle. Beaucoup de vieillards enfoncés dans les fauteuils roulants, certains complètement hagards. Les employés se démenaient pour donner les soins. Dans la salle commune, certains patients étaient accompagnés de bénévoles qui tentaient tant bien que mal de les animer — ou de les réanimer — en parlant avec eux ou en jouant aux cartes. Zoé était touchée par cette misère quelle ne soupçonnait pas.

Revenue au comptoir de l'entrée, Marie ouvrit et examina un grand cartable. Elle fronça les sourcils en s'arrêtant sur un nom.

— Tiens, j'ai un nom pour toi. Comme je soupçonne que tu es une fille de défi, j'ai un beau cas : Madame Andréa. Oui, ce sera un bien beau défi, Madame Andréa. Je trouve qu'elle te ressemble.

— Pourquoi dites-vous ça ?

— Attends un peu de la rencontrer. Pour le moment, aucun des bénévoles qu'on lui a envoyés n'a résisté plus de deux jours.

— Et vous trouvez qu'elle me ressemble ?

Marie lui sourit de nouveau sans rien dire. Elle alla chercher un autre dossier, l'ouvrit et lit pendant un moment en tournant quelques pages.

— Quand Madame Andréa est arrivée ici, elle était déjà très mal en point. En fait, il ne lui reste pas beaucoup de temps à vivre.

— Est-ce qu'elle le sait ?

— Nous ne lui avons rien dit, mais elle le sait sûrement.

— Qu'est-ce qu'elle a ?

— Elle a une cirrhose avancée. C'est une alcoolique. Elle est arrivée en ambulance il y a quelques mois. On l'avait trouvé sans connaissance dans un petit appartement miteux de Limoilou. On l'avait soigné tant bien que mal à l'hôpital, mais comme on ne pouvait plus rien pour elle, on nous l'a amenée ici.

— Elle ne pouvait pas retourner chez elle ?

— Il n'y avait plus de chez elle. La chambre qu'elle occupait avait été relouée rapidement. On ne lui connaît aucun parent, proche ou lointain. Madame Andréa vivait complètement seule.

— Comment gagnait-elle sa vie ?

— Elle bénéficiait de l'aide sociale. On ne connaît pas beaucoup de choses à son sujet. Nous avons appris qu'elle avait été un temps infirmière à Québec. Sans doute que son penchant pour l'alcool lui a fait perdre son emploi. Mais on ne le sait pas. Elle n'est pas très bavarde, tu verras. Les confidences, ce n'est pas son genre. Puis, elle n'est pas toujours d'agréable compagnie.

Marie s'arrêta un instant. Son visage devint grave soudainement. Elle ajouta.

— Ce serait malheureux qu'elle décède sans qu'au moins une personne lui tienne la main. Ne trouves-tu pas ?

Zoé ne dit rien. Elle pensa à son père qu'elle n'avait pas pu accompagner lorsqu'il est mort dans un accident. Elle n'avait même pas eu droit de voir son corps exposé, le cadavre étant tellement détérioré que l'embaumeur n'avait pas pu reconstituer son visage. Le cercueil était resté fermé.

— Je vais essayer...

— Parfait !, dit Marie avec pour la troisième fois une lueur dans les yeux.

Zoé s'approcha de la chambre 302. La porte étant ouverte, elle entra et aperçut un lit fait, les objets usuels rangés et un fauteuil roulant près de la fenêtre. Elle vit d'abord le dos de quelqu'un assis dans le fauteuil, puis des cheveux longs et blancs sommairement peignés par une préposée aux bénéficiaires. Ses épaules étaient recouvertes d'un châle beige malgré une température adéquate dans la chambre. Il faisait beau dehors.

Elle avança lentement en faisant du bruit avec ses souliers. Elle ne voulait pas faire sursauter la vieille dame. Arrivée près de la fenêtre, elle put examiner un peu mieux la tête de Madame Andréa. Ce qui frappa au premier abord dans son visage, c'était ses yeux. Ils étaient bleus de mer, d'un bleu virant au violet près des pupilles. La beauté de ses yeux était cependant gâtée par une face jaunâtre, plissée, affaissée par endroit d'où ressortaient un nez fin un peu long et une bouche bien proportionnée, mais dont de nombreuses rides couronnaient des lèvres minces. Cette femme avait sans doute déjà été belle un jour, mais il y avait de cela longtemps.

— Bonjour Madame Andréa !

Le ton se voulut joyeux et engageant, mais il ne l'était sans doute pas assez, car Madame Andréa regarda à peine Zoé avant de tourner son regard vers l'extérieur.

— Je m'appelle Zoé. Je suis la bénévole qui va s'occuper de vous.

Pas de réaction. Madame Andréa fixait le ciel comme si elle attendait quelqu'un ou quelque chose. Zoé commença à perdre contenance. Elle resta là en se demandant comment établir le contact lorsque Madame Andréa se tourna vers elle et lui fit signe de s'approcher. Zoé obéit en se penchant vers elle. Madame André marmonna quelque chose qu'elle n'entendit pas. Elle s'approcha davantage.

— Me donnerais-tu un petit verre de gin ?

Surprise de la demande, elle ne sut pas que répondre. En regardant autour, elle aperçut sur la table mobile qui servait à déposer les cabarets de nourriture un pichet d'eau et un verre en plastique transparent. Elle remplit le verre à moitié et revint le donner à Madame Andréa. Celle-ci l'attrapa sans la remercier et en but une gorgée. Tout aussitôt, elle recracha le liquide et lança le verre par terre, arrosant au passage quelques pans de ses vêtements. Celle-ci se recula en vitesse en essuyant tant bien que mal avec la main l'eau sur son jeans troué. Elle regarda avec colère la vieille femme, mais se retint de parler.

— C'est pas du gin, ça ! À quoi tu sers, toi, si je peux pas avoir mon gin ?

La jeune fille aurait bien aimé réagir en lui lançant : « Maudite vieille folle ! » À la place, elle lui dit.

— Mon nom, c'est Zoé et vous ?

— Tu peux repartir d'où t'es venue. J'ai pas besoin de toi. J'ai besoin de personne.

Encore une fois, Zoé prit sur elle de ne pas réagir. Elle commença à comprendre pourquoi Marie lui avait laissé entendre qu'aucun bénévole ne voulait être en sa présence. Elle tourna les talons et repartit en se disant qu'elle demanderait une autre affectation, quelqu'un de plus facile. Après tout, elle ne voulait même pas être ici. Ce n'était pas son choix.

En arrivant à la porte toutefois, elle s'arrêta net. Elle se souvint de ce que Marie lui avait dit. « Tu es une fille de défi ». Comme avait-elle deviné cela en la connaissant à peine ? Cela lui échappait. Pourtant, Marie avait raison. C'était on ne peut plus vrai. Rien ne la motivait davantage jadis qu'un défi à relever. Elle tenait cela de son père qui n'avait peur de rien. Il lui avait transmis ce goût d'aller à la limite de ses capacités... « et même au-delà », se dit-elle. La situation actuelle avec Madame Andréa fit remonter ce goût qu'elle avait perdu depuis une éternité.

Elle se retourna en jetant un regard circulaire dans la pièce. Ses yeux stoppèrent sur une chaise en métal légèrement rembourrée au siège et au dossier. Elle prit la chaise et s'approcha de Madame Andréa. Elle installa sa chaise en parallèle du fauteuil roulant, s'y assit et regarda dehors. Le tableau aurait paru étrange pour quelqu'un jetant un œil par hasard dans la pièce : une vieille dame dans son fauteuil et une jeune fille dans sa chaise regardant toutes les deux en silence dans la même direction par la fenêtre. Plus un mot ne fut plus prononcé ce jour-là.

Tout en fixant l'horizon, Zoé se remémora ses séances aux *Narcotiques anonymes*. La première rencontre avait été affreuse. On aurait dit que tout le monde la scrutait. Elle avait l'estomac noué et son cœur palpitait. Elle avait rempli le questionnaire distribué à ceux qui venaient pour la première fois aux réunions. Il lui avait semblé d'abord que les questions étaient toutes plus stupides les unes que les autres. De toute façon, aucune ne s'adressait à elle. Elle, elle n'était pas dépendante. Elle était capable d'arrêter n'importe quand. Elle était simplement dans une passe difficile et elle s'en sortirait toute seule, comme elle l'avait toujours fait.

Quand elle avait assisté à la première rencontre toutefois, elle en était sortie plutôt sonnée. En entendant les quelques témoignages, elle avait pris conscience que, malgré les situations diverses et le type de drogue, le cheminement d'un dépendant aux narcotiques était semblable à tous les autres. Les témoins reconnaissaient qu'ils avaient perdu le contrôle sur leur vie, que leur dépendance les privait de leur liberté, qu'elle les avait coupés des parents et amis.

Elle s'était reconnue. C'était elle. Depuis deux ans, depuis son accident, elle n'arrivait plus à faire face. Elle avait d'abord pris de l'Oxycodon pour la douleur. Elle avait continué parce qu'elle n'y arrivait pas. Une douleur d'un autre type la rongeait de l'intérieur, une angoisse profonde qui la troublait et à laquelle elle était incapable d'échapper malgré ses efforts. Elle descendait la pente, mais ce n'était plus la piste de neige. Elle glissait en *snowboard* dans un monde inconnu et sombre. Il n'y avait plus de *finish line* en bas, qu'un trou noir et sans fond. Pourtant, elle se battait. Ça oui ! Elle se battait. Pour maintenir son équilibre, pour contourner les portes du parcours, pour contrôler sa vitesse. Elle se battait. Mais c'était devenu difficile, inutile peut-être.

À la sortie de cette première rencontre chez les NA, elle avait compris quelque chose. La première étape à franchir selon les NA était la suivante : « Nous avons admis que nous étions impuissants devant notre dépendance, que nous avions perdu la maîtrise de notre vie.» Voilà bien ce qu'elle avait compris : elle avait perdu la maîtrise de son *snowboard*. Et maintenant, elle glissait en *downhill* vers le gouffre. Elle avait compris que sa vie lui échappait. Zoé avait franchi la première étape, ce qui était un pas dans la bonne direction.

Depuis un mois, elle avait commencé son sevrage. Son agent de probation voulait qu'elle attende un peu avant d'entreprendre ses travaux communautaires. Il la trouvait peu apte à faire ce travail de bénévolat tant qu'elle était dans cette condition. Cela avait prolongé d'autant sa période de probation, mais c'était mieux ainsi. De toute façon, elle n'avait pas eu le choix. Depuis son arrestation, elle n'avait plus vraiment le contrôle de sa situation. Elle vivait une double dépendance : aux narcotiques et aux institutions judiciaires.

Sa marraine d'abstinence devait avoir dans la jeune trentaine. Elle était soignée dans son apparence, signe évident d'une bien nantie. À la voir, personne n'aurait cru qu'elle participait semaine après semaine depuis plus de six ans aux rencontres des NA. De prime abord, elle semblait aux antipodes de Zoé, mais allez savoir pourquoi, il s'était produit un déclic entre elles dès le début. Sophie — c'était son nom — avait été d'une franchise désarmante lorsqu'elle avait fait son témoignage et c'était sans doute ce qui lui avait plu. Sophie s'était rapprochée de Zoé en prenant un café. La

46

conversation sur tout et sur rien avait été agréable. On lui avait dit qu'il était important de se choisir une marraine (une marraine, c'était mieux qu'un parrain pour elle). Alors, comme il fallait le faire, elle avait demandé à Sophie et celle-ci avait accepté.

Sophie avait beaucoup plus d'«expérience» qu'elle dans la dépendance puisqu'elle avait consommé des drogues de toutes sortes depuis l'âge de 13 ans. Cela faisait maintenant plus de six ans qu'elle était sobre. La période de servage avait été particulièrement difficile. Il lui avait fallu être hospitalisée quelque temps. Mais elle s'en était sortie, vraisemblablement. Après quelques rencontres, Sophie savait déjà plusieurs choses au sujet de Zoé : elle avait été une athlète de haut niveau ; elle avait eu un accident grave qui avait brisé net son ambition d'aller aux Jeux olympiques ; elle consommait, mais relativement modérément selon Sophie qui en avait vu d'autres ? Elle lui avait dit récemment :

— Je trouve que tu progresses bien, Zoé.

Elle ne la croyait pas vraiment. Il lui semblait qu'elle était dans une impasse. Certes, elle avait cessé de consommer de l'Oxycodon, mais elle devait toujours continuer à prendre son antidote qu'elle percevait comme une béquille. Surtout, elle se sentait comme une merde, incapable, impuissante, un état qu'elle détestait. Elle l'avait dit à Sophie qui lui avait répondu.

— Donc, ça va mieux, avait dit Sophie en riant. Tu es prête à la deuxième étape.

Elle savait vaguement de quoi il s'agissait. Elle avait évidemment lu attentivement les douze étapes des NA. Elle avait appris qu'il était très important de franchir ces étapes l'une après l'autre, de ne surtout pas en sauter une ou de ne pas aller trop vite dans la démarche. Sa marraine serait précieuse à cet égard.

La deuxième étape l'avait surprise lorsqu'elle l'avait lue, et encore plus lorsqu'elle avait continué sa lecture des autres étapes. On y parlait de Puissance supérieure, de Dieu même. Non pas que ce sujet lui répugnait. Comme la plupart des jeunes de son âge pour qui vivre et laisser vivre était une norme plus qu'une exception, elle n'avait pas de réticence particulière envers la religion ou la spiritualité. Elle-même s'était par période posé des questions de ce type à la suite de certaines lectures — Zoé aimait lire —, mais rien pour l'avoir marquée.

Comme Sophie connaissait par cœur toutes les étapes. Elle l'avait donc débité sur un ton monocorde : « Nous en sommes venus à croire qu'une Puissance supérieure à nous-mêmes pouvait nous rendre la raison ».

— Qu'est-ce que ça veut dire ? avait-elle demandé.

— Tu sais, tu peux mettre tout ce que tu veux sous l'expression « Puissance supérieure ». Ça dépend de toi.

Elle avait alors repensé à sa nuit à l'urgence de l'Hôtel-Dieu. Elle se souvenait avoir regardé les étoiles, chantonné l'*Hymne à la nuit* et senti une chaleur particulière lui traverser le corps.

— Ça pourrait être les étoiles ? lui avait-elle répondu avec un air moqueur.

— Ce que tu veux ! Tu sais, la première étape est difficile. Elle fait le vide en toi. Et c'est ce vide que tu ressens actuellement.

— Ça, c'est sûr. C'est comme lorsque j'essayais de me tenir debout après mon accident et que je n'y arrivais. Sauf que là, c'est dans ma tête.

— Quand tu as réappris à marcher après ton accident, il y avait bien quelqu'un qui t'a aidée ?

— Oui, je me souviens bien. Il y avait un grand bonhomme très fort qui me faisait faire des exercices douloureux. Il me poussait à réagir et n'acceptait jamais que je me plaigne. Je crois que je lui dois de remarcher à nouveau.

— Dans la deuxième étape, tu dois trouver ton Grand Bonhomme d'en haut. Il n'aidera pas ton corps cette fois, mais ton âme et ta tête.

— Est-ce si nécessaire ?

— Oui, je le pense. Il est vrai que je ne suis pas la mieux placée pour te donner une réponse là-dessus. Ce que je sais cependant, c'est que j'ai commencé à croire en moi lorsque j'ai commencé à croire que Dieu pouvait me venir en aide. Je sais aussi par expérience que ceux qui n'ont pas pris cette étape au sérieux retrouvent rapidement leurs vieux démons.

Elle avait réfléchi sérieusement à ce que Sophie lui avait dit. Elle se rappelait les moments où elle se sentait le plus libre, lorsqu'elle glissait sur le traîneau avec son papa, lorsqu'elle dévalait une piste de neige de *snowboard*. Il y avait dès lors comme une lueur spéciale, enveloppante, sereine qui se produisait dans sa tête. Elle commençait maintenant à comprendre que cette lueur, ce n'était pas elle qui se la donnait par son acharnement au travail. Cette illumination lui arrivait de l'extérieur ; elle lui était donnée. Ses efforts consistaient simplement à ouvrir une porte dans sa tête pour laisser pénétrer la lueur des étoiles. Et c'était cette lueur qui venait éclairer ses ténèbres.

Madame Andréa s'était mise à bouger à côté d'elle, ce qui sortit Zoé de ses rêvasseries. Elle vit son visage grimacer de douleur. Zoé avait presque oublié que cette femme était très malade et qu'elle devait sans doute endurer des souffrances terribles.

— Je veux me coucher, dit-elle dans un râle.

— Je vais chercher l'infirmière.

Elle partit en courant vers le comptoir des soins et parla à l'infirmière. Celle-ci se dépêcha de venir dans la chambre 302 avec à la main un plateau déjà préparé où il y avait une seringue. Les deux femmes s'approchèrent du fauteuil roulant où la vieille dame grimaçait de douleur. Elles l'aidèrent à se lever et à se coucher dans le lit. Pendant que l'infirmière donna la piqûre à Madame Andréa, Zoé la borda en lissant ses draps. Puis, elle lui dit :

— Je reviendrai demain.

Le visage de la vieille se détendit presque instantanément après avoir reçu la piqûre. Elle avait les yeux fermés lorsque Zoé lui parla. Il n'était pas certain qu'elle ait entendu ses mots.

***

Marie, l'adjointe à la direction de la résidence, ferma la porte de son bureau et se dirigea vers le hall d'entrée avec un dossier à la main. En s'approchant du comptoir et aperçut de dos une jeune fille grande et athlétique qui donnait son portable à la préposée. Elle était vêtue d'un jeans propre, de basquets blancs et d'un T-shirt neutre. Son bras gauche était en partie tatoué. La jeune fille prit le coupon et se tourna pour repartir vers les chambres. Marie la reconnut. Cela faisait maintenant plus d'une semaine que Zoé venait régulièrement faire son bénévolat « obligé ».

— Hé, Zoé, beau *look* !

Elle sourit à Marie et fit une pirouette sur elle-même pour marquer le coup.

— J'ai enfin réussi à passer chez la coiffeuse aussi. Ça vous plaît ?

Elle était vraiment ravissante. La coupe de cheveux, très différente de celle qu'elle avait en arrivant, lui allait à merveille. Elle avait retrouvé sa couleur d'origine d'un brun foncé, comme ses sourcils. Les cheveux mi-longs retombaient à la base du cou en ondulant. La coiffeuse lui avait fait une frange sur le front qui faisait ressortir ses yeux marron. Cette coupe mettait en valeur son beau visage régulier tout en lui conférant un petit air ironique.

— C'est parfait. Alors tu retournes voir ta Madame Andréa ?

— Oui, oui ! Je persévère, dit-elle avec un air résigné.

— Comment va-t-elle ?

— Elle est très souffrante.

— Oui, nous le voyons bien. Je ne suis pas certaine qu'elle se rendra à la fin de ton… comment dire ?... Ton séjour chez nous. Tu te débrouilles avec elle ?

— C'est-à-dire que je ne fais pas grand-chose. Elle est muette comme un carpe. Je la vois tous les jours et je crois bien qu'elle n'a dit qu'une seule phrase : « Donne-moi mon petit gin ».

Les deux femmes rirent de bon cœur. Zoé avait adopté une routine avec Madame Andréa. En arrivant, elle allait la voir avec son « bonjour » habituel, Madame Andréa lui répondait avec sa phrase coutumière. Elle allait chercher la chaise et venait s'asseoir auprès d'elle sans dire un mot. De temps en temps, elle lui parlait de tout et de rien : de la température, des nouvelles du jour. Pas longtemps, juste un peu. Puis, toutes deux retombaient dans le silence.

Au fond, cela faisait aussi son affaire de garder le silence. Enfant unique, elle avait toujours été une solitaire. Elle aimait se trouver un coin tranquille pour lire ou pour s'amuser avec ses jeux. Ce qu'elle préférait cependant, c'était le sport. Pas n'importe lequel. Jamais de sport d'équipe. Elle détestait devoir se plier aux règles ou se concerter avec les autres. C'est pourquoi elle avait tant aimé le ski d'abord jusqu'à ce qu'elle découvre le *snowboard*. Cette activité correspondait parfaitement à sa nature. Cela demandait effort et concentration, maîtrise de soi et rigueur. Elle avait tellement aimé faire du *snowboard*.

— Alors, j'y retourne, avait dit Zoé en se dirigeant vers la chambre 302.

Marie s'approcha d'elle et, pour la première fois, l'embrassa sur les deux joues. Elle fut surprise du geste, mais apprécia. Elle se dirigea vers la chambre. La porte était fermée. C'était la première fois : elle était toujours ouverte d'habitude. Sans doute qu'on lui faisait sa toilette. Elle attendit que la préposée termine son travail. Son regard se porta tout naturellement sur l'inscription sur la porte.

Il avait là une affichette colorée avec des fleurs dessinées autour d'un nom : Andréa Joncas.

Elle fut étonnée d'apprendre que madame Andréa avait le même nom de famille qu'elle. Les Joncas était rares à Québec. Elle n'en avait jamais rencontré. Elle était intriguée et se proposa d'interroger madame Andréa lorsqu'elle entrerait. La préposée sortit enfin avec son bassin d'eau souillée et ses torchons. Elle ouvrit la porte toute grande et l'attacha au crochet sur le mur derrière. Zoé entra en faisant du bruit avec ses souliers, comme d'habitude. Avant d'aller prendre sa chaise dans le coin, elle s'approcha de Madame Andréa avec son « Bonjour Madame Andréa. Ça va bien ce matin ? ».

Mais cette fois, il se passa quelque chose de tout à fait inhabituel. Madame Andréa lui jeta d'abord un œil torve selon son habitude, s'apprêtant à faire sa demande d'un verre de petit gin. Puis, elle tourna sa chaise d'un quart de tour vers elle et la regarda de haut en bas.

— Qu'est-ce qu'il y a ? avait dit Zoé en se regardant elle-même.

— Eh bien, t'as changé, ma petite.

— Vous trouvez ? C'est la coiffure sans doute. Dites donc Madame Andréa, je viens de me rendre compte que nous avons le même non de famille : Joncas. Tout un hasard, non ?

Madame Andréa rapprocha sa chaise et scruta longuement son visage, au point où Zoé se sentit mal à l'aise. Puis, un événement extraordinaire se produisit. La tête de Madame Andréa se mit à frémir légèrement au point que ses cheveux blancs jaunis tressautèrent. Des larmes apparurent dans ses beaux yeux bleus. Elle continua à fixer intensément son visage.

— Tu dis que tu t'appelles Joncas ? lui dit-elle sur un ton plus doux que d'habitude.

— Ben oui, Zoé Joncas.

— Joncas. Oui bien sûr, Joncas.

— Oui, je sais. C'est un nom rare à Québec. Il paraît que mon père venait de la Côte-Nord.

Madame Andréa se remit à pleurer. Cette fois les larmes coulaient sur ses joues sinueuses et ridées. Elle prit un mouchoir déjà chiffonné qu'elle gardait dans sa manche et s'essuya les yeux.

— Qu'est-ce qu'il y a, Madame Andréa ? Dites-moi.

— Ton père, est-ce qu'il s'appelle Eliott ?

Cette fois ce fut à Zoé de s'émouvoir. Comment cette femme pouvait-elle connaître le nom de son père ? Elle se recula d'un pas. C'était toujours ainsi qu'elle le faisait lorsqu'elle s'apprêtait à partir dans le vide sur son *snowboard*.

— Comment ?... Comment savez-vous cela ?

Madame Andréa recommença à jeter des pleurs dont la source ne semblait pas vouloir se tarir.

— Tu lui ressembles tellement.

Pendant que madame Andréa continuait à s'essuyer les yeux, Zoé recula encore jusqu'à frapper de ses cuisses la bordure du lit où elle se laissa choir. Ce qu'elle venait d'entendre ne parvenait pas encore à se rendre dans les zones rationnelles de son cerveau.

— Pourquoi dites-vous cela ? Qu'est-ce que vous en savez ?

Elle n'en revenait tout simplement pas. Elle commença à comprendre où tout cela la menait et ce qu'elle soupçonna lui fit peur. Elle n'était pas certaine de vouloir entendre la suite.

— Eliott est mon fils... Tu lui ressembles tellement...

Zoé lâcha un grand « Non » qui résonna en écho dans la chambre. Ce n'était pas possible. Cette vieille folle délirait. Ce qu'elle venait de dire était impossible. Tout devint confus. Elle se rappelait la phrase maintes fois répétée par sa mère : « comme tu ressembles à ton père ». La tête lui tourna. C'était impossible.

— C'est impossible. Vous êtes morte !

— On a dû te dire que j'étais morte... et sans doute qu'on avait raison de le faire.

Zoé n'avait jamais connu sa grand-mère évidemment et on ne parlait jamais d'elle à la maison. L'une des rares fois où elle avait posé la question, on lui avait dit qu'elle était décédée. Plus personne n'en avait plus reparlé.

Un préposé entra précipitamment dans la chambre en demandant : « Qu'est-ce qui se passe ici ? » Il avait entendu le cri de Zoé et prenait des nouvelles. Elle lui fit un signe de la main et lui dit :

— Ce n'est rien. Je me suis cogné. Ce n'est rien.

Le préposé repartit aussitôt. Zoé regarda sa grand-mère qui pleurait toujours. Comment est-ce possible ? Elle prit conscience qu'elle savait peu de choses sur le passé de son père. Il y avait des tonnes de photos d'elle surtout, de sa mère et de son père. Elle n'avait jamais vu aucune photo de son père petit, aucune non plus de la mère d'Eliott. Cela ne l'avait pas intriguée jusqu'à aujourd'hui.

— Pourquoi je ne vous connais pas ?

— Parce qu'Eliott n'a jamais voulu que je te connaisse.

— Mais pourquoi ?

— Il m'a rejeté dans un recoin de sa mémoire avant même de se mettre en ménage avec ta mère. Il faut dire que je n'étais pas… pas très convenable à l'époque.

Zoé était toujours sous le choc de ce qu'elle venait d'apprendre. Elle se demanda ce qui avait bien pu se passer pour qu'une coupure si radicale entre le fils et sa mère ait pu arriver. Elle ajouta en baissant le ton :

— Il est mort, vous savez.

Andréa repartit de plus belle à pleurer, à s'essuyer les yeux, à se moucher.

— Oui, je sais. J'étais au cimetière.

Elle s'affaissa davantage sur le lit. Sa grand-mère était au cimetière ? Elle se revoyait il y a une dizaine d'années tenant la main de sa mère et pleurant à chaudes larmes en voyant s'enfoncer le cercueil de son père en terre. Elle l'aimait tellement, tellement. Qu'allait-elle devenir sans lui ? C'était son roc, son socle, sa bouée de sauvetage. Qu'allait-elle devenir ?

Elle essaya de se souvenir de ce jour fatal où le monde avait basculé. Il y avait beaucoup de gens. Son père était aimé de tous. Elle entendait encore les hommages : « … si vivant… », « … si drôle… », « … un sacré bon chum toujours prêt à aider… » Tout le monde était triste, beaucoup pleuraient, même des hommes. Un moment — elle s'en souvient maintenant —, elle avait vu une vieille femme mal fagotée appuyée sur un arbre, à demi cachée. Elle avait toujours cru que c'était une vagabonde.

— Vous étiez-là. Je vous ai vu.

— Moi aussi.

Cette fois, les deux femmes, la vieille et la jeune pleurèrent comme si elles étaient endeuillées par le même drame. Elles passèrent un certain temps dans cet état, jusqu'à ce qu'elle demande à sa grand-mère.

— Qui était mon grand-père ?

Andréa cette fois cessa de pleurer, s'essuya de nouveau les yeux et lui dit une phrase totalement inattendue.

— Le seul homme que je n'ai jamais aimé.

Zoé regarda sa grand-mère avec un regard neuf. Cette femme avait déjà aimé un jour ? Cela lui paraissait étonnant tellement elle était aigrie et amère. Zoé était jeune, et comme tous les jeunes gens, elle commençait à peine à s'intéresser à d'autres qu'à elle-même. Que pouvait-elle bien comprendre de la vie d'une vieille femme comme celle qu'elle avait devant elle ?

— Vous avez été mariée pendant longtemps ?

Andréa se retourna alors en partie vers la fenêtre. Après avoir longuement regardé à l'extérieur, elle ajouta.

— J'ai été mariée, mais pas avec lui.

Zoé était désarçonnée par la conversation. Elle en apprenait plus aujourd'hui sur sa famille que depuis les dix-neuf années de sa courte vie.

— Racontez-moi.

— Oh, ma petite, c'est une longue histoire…

— J'ai tout mon temps.

Chapitre 3 : Andréa se marie

La jeune femme en robe de mariée s'examinait dans la psyché. Elle pleurait à chaudes larmes. Des gouttes glissaient sur la fine dentelle de sa mantille. Le maquillage que sa mère avait mis tant de temps à réaliser se défaisait, soulignant de traces noires ses beaux yeux bleus. De longs cheveux d'un blond vénitien fraîchement coiffés de la veille sortaient du diadème blanc serti de fausses perles. Elle était grande et surtout d'une rare beauté, si l'on faisait abstraction de son maquillage dégoulinant et de ses yeux rougis par les pleurs.

Elle avait été heureuse autrefois. Il y a longtemps, c'est vrai. Ses parents la laissaient passablement libre d'aller où elle voulait et quand elle le voulait. De toute façon, qu'avait-on à craindre dans ce village où tout le monde se connaissait, ce village du bout du monde ? Dès qu'elle sortait de la maison au printemps, elle se précipitait vers la mer en bas de la pente douce. Au printemps, c'était merveilleux ! La neige avait presque tout fondu et l'on pouvait marcher sans crainte sur la berge. Combien d'heures avait-elle passées à regarder les grands morceaux de glace parfois hauts de plusieurs mètres flottés paresseusement en se dirigeant vers le large ?

Elle se rappelait sans difficulté les odeurs de varech, le cri des goélands, le vent sur sa peau. Le vent. Comment oublier le vent ? Il était présent hiver comme été, parfois ravageur, parfois tranquille. Il était toujours là. Certains travailleurs saisonniers venus ici pour faire un coup d'argent sur les bateaux de pêche repartaient après quelques semaines, incapables de le supporter. Le jour, le vent fouettait les visages, gelait les doigts, battait les vêtements qu'il traversait sans pitié, laissant les pauvres corps transis à perpétuité. La nuit, c'était presque pire. On l'entendait siffler à travers les fenêtres, cogner sur les tuiles de toit, taper sur le volet que l'on n'avait pas encore réparé : toc-toc, toc-toc, toc-toc. Sans cesse. Si encore ce maudit vent avait soufflé avec la régularité du métronome. Et non ! Il venait toujours par bourrasque. Parfois il s'arrêtait complètement en laissant l'espoir que tout était fini, que l'on pouvait se reposer enfin. Puis la minute suivante, il soufflait à décorner les bœufs. C'était surtout cette absence de régularité qui jouait sur les nerfs. Le vent était imprévisible.

— Andréa ! Qu'est-ce que tu fais ? Tout le monde t'attend.

— J'arrive, maman !

Andréa prit quelques mouchoirs de papier et essuya le mieux possible les larmes. Elle ne pouvait évidemment pas refaire son maquillage, mais elle remit tant bien que mal du mascara sur ses cils, les soulignant d'une ligne de crayon noir, mit de l'ombre à paupières et tamponna un peu de fond de teint autour des yeux. Elle avait toujours envie de pleurer, mais elle s'obligea à se souvenir de ces moments heureux sur la grève lorsqu'elle regardait de loin les bateaux partir pour leur première pêche de la saison. Maman et elle venaient toujours dire au revoir à papa pour l'occasion. Toutes les deux, elles faisaient de grands gestes des bras pour le saluer, mais toutes les deux savaient pertinemment qu'il ne pouvait pas les voir. Le bateau était beaucoup trop loin.

Partir en mer, c'était comme jouer aux dés avec la nature. Plusieurs n'étaient jamais revenus, arrachés à leur bateau et à la vie par une tempête aussi soudaine qu'imprévisible. On connaissait les risques. Mais que pouvait-on faire d'autre ici, dans ce village perdu à la limite de la Côte-Nord ? Les villageois avaient toujours été des marins de père en fils depuis des générations, depuis que les premiers colons se sont installés au XVIIIe siècle. Et même avant. Les Basques n'étaient-ils pas venus dès le début du XVIe siècle pêcher la morue et chasser la baleine sur leur coquille de noix ?

Bien sûr, on avait ouvert des mines de fer et de titane dans l'arrière-pays, mais elles étaient trop éloignées pour les gens du village. Seuls les habitants plus proches du Centre-du-Québec pouvaient en profiter. La route 138 n'était jamais arrivée jusqu'ici malgré les promesses électorales. Récemment, les politiciens faisaient encore miroiter l'arrivée de la route pour l'été 1975, mais personne n'était dupe.

Oui, Andréa avait été heureuse ici, au temps où tout était clair comme le ciel d'été et limpide comme la mer à marée basse. Elle allait ramasser des coquillages selon les saisons : des coques, des palourdes, des buccins, des couteaux. Chaque fois, maman faisait un sacré festin. Andréa aidait son père à raccommoder des filets et sa mère à faire des tourtes. Elle était fille unique, un phénomène rare au village. Certains disaient d'elle que c'était une enfant gâtée, que ses parents lui passaient tout. C'était faux évidemment. Il fallait respecter l'intransigeante autorité paternelle et celle de sa mère, gardienne des conventions sociales impitoyables. D'un tempérament conciliant, Andréa s'en accommodait. Ce qui de l'extérieur apparaissait comme une prison lui procurait malgré tout un sentiment de sécurité. Elle se sentait libre parce qu'elle ne connaissait pas autre chose.

Parfois, il est vrai, en fixant l'horizon qui se perdait au loin dans la mer, elle avait envie d'un ailleurs. En s'adressant aux cormorans qui flottaient dans les airs avec tant de facilité, elle se disait pour elle-même : « Emmène-moi très loin, là-bas ». Non pas qu'elle souffrit d'être ici. Non ! Pas vraiment. Du moins, pas quand elle était petite fille. Cependant, quelque chose au fond d'elle la poussait à attendre autre chose de la vie que cette indolente routine.

Peut-être quelque chose ou quelqu'un l'attendait-il à l'autre bout du monde ? Elle ne savait pas encore à cette époque que le bout du monde, c'était ici.

Le soir, il lui arrivait de s'asseoir sur les marches de la galerie et de contempler les étoiles. Elle en connaissait plusieurs. La Grande Ourse, si facilement repérable, une casserole dont le manche se terminait par l'étoile Polaire. La Petite Ourse, sa sœur miniature. Le Dragon et sa série de petites étoiles difficiles à voir et dont la queue serpente entre la Petite Ourse et la Grande Ourse. Puis Acturus et le Bouvier. Puis, le Cygne en plein cœur de la Voie lactée. Enfin, Cassiopée la belle regardant sa fille Andromède, tache laiteuse et diaphane, que les Perséides venaient traverser au mois d'août. « Cette tache ressemble à un œil bienveillant », se disait-elle alors. Andromède la regardait de là-haut. Cela la réconfortait.

Par nuit claire, elle pouvait voir des étoiles par centaines, par milliers. Peut-être y en avait-il des millions et même des milliards ? Quelques fois, cela lui faisait peur de regarder le ciel. Elle n'aurait pas voulu se perdre entre les galaxies, seule, vulnérable, abandonnée de tous. La nuit était trop profonde. Le néant trop présent. Heureusement qu'elle vivait ici, sur la terre, dans ce village, ce cocon protecteur.

Tout le monde se connaissait ici et elle avait cru longtemps que tout le monde s'aimait. C'était faux évidemment. Elle apprit en grandissant les rancunes tenaces, les ragots destructeurs, les inégalités sociales aussi. Certes, les gens étaient gentils. Ils s'appelaient par leur prénom. Ils s'entraidaient quand venait le temps. Le village était une forteresse inexpugnable qui sauvegardait ses habitants du monde extérieur. Le milieu était tissé serré, pour le meilleur et pour le pire. Plein de codes tacites formaient la trame du quotidien. On les apprenait avec le temps par essais et erreurs. Il fallait les respecter sous peine d'exclusion fatale.

Andréa était maintenant prise au piège dans les tenailles géantes des conventions non écrites du village. Les choses commencèrent lentement à changer lorsqu'elle avait terminé l'école secondaire. Elle avait trouvé un emploi à la conserverie de poissons du village. Andréa s'était épanouie et portait avec majesté ses dix-huit ans. On disait qu'elle était plus belle que sa mère à son âge, et ce n'était pas peu dire. Tous les garçons se disputaient pour obtenir ne serait-ce qu'un regard de sa part. Même Phil, son meilleur ami depuis l'école primaire, la regardait maintenant d'une autre façon. La vie suivait son cours inexorablement pour Andréa jusqu'à ce que le patron de la conserverie et aussi le maire du village vienne faire une rare visite à son usine.

Don Miller était le dernier d'une famille d'entrepreneurs qui avaient fait la fortune du village. *Miller Fishery* avait organisé la pêche sous un mode quasi industriel rendant le commerce florissant autant pour son entreprise que pour le village. Son grand-père avait lancé l'entreprise avec deux bateaux de pêche achetés à crédit. Son père en avait acquis deux autres et avait fait construire la première conserverie. Quand Miller reprit les rênes de l'entreprise, il accéléra la cadence. Dès qu'un patron pêcheur fléchissait, par manque d'organisation ou tout simplement parce qu'il dépensait trop, Miller flairait le sang comme un grand requin blanc. Il lui offrait de racheter son bateau pour une somme dérisoire en lui promettant de le garder comme employé, une promesse qu'il ne tenait pas toujours. C'est ainsi qu'il acquit avec le temps plus des deux tiers de la flotte de pêche du village. Il fit également moderniser et agrandir la conserverie de poisson qui transformait morues, harengs, capelans, pétoncles et buccins.

Miller avait le gabarit typique des pêcheurs de morue. Pas très grand, mais râblé. Une tête ronde, de petits yeux de fouine et une moustache trop courte le faisaient vaguement ressembler au gros de Laurel et Hardy. Personne toutefois n'aurait osé faire allusion à cette ressemblance devant lui. Il était fort comme un taureau et quiconque osait s'en prendre à lui dans une bagarre en prenait pour son rhume. D'ailleurs, il n'avait pas besoin de se battre souvent tellement tout le monde le craignait. Il était l'employeur de la grande majorité des personnes, hommes et femmes, qui vivaient au village. Il avait quasiment droit de vie ou de mort sur la plupart. Quand il prenait en grippe l'un ou l'autre, souvent pour des questions d'argent, il valait mieux que cette personne s'expatrie, parce qu'elle n'avait plus aucun avenir au village.

C'était un homme dur en affaire, mais il ne répugnait jamais à la tâche. Combien de fois l'avait-on vu prendre la mer sur l'un de ses cordiers parce qu'il était insatisfait du travail de ses employés ? En quelques jours, il réussissait toujours à rapporter plus de poissons que la plupart des autres. Comme pêcheurs, c'était un véritable magicien. Comme patron toutefois, il était impitoyable. Dès que la productivité baissait sur un bateau de pêche ou à la conserverie, il se débarrassait sans état d'âme du maillon faible.

À l'âge de trente-trois ans, Miller était célibataire. Il disait n'avoir pas le temps de s'occuper d'une femme. *Miller Fishery* lui demandait tout son temps et de toute façon les enfants l'énervaient et il n'en voulait pas. Il ne s'intéressait pas aux gens du village. C'était pour lui des outils de production sans plus. Il n'avait pas d'amis, seulement des obligés. Comme maire du village, il devait nécessairement composer avec quelques personnes, ne serait-ce que les échevins, les employés de la ville ou ceux qui venaient solliciter son aide ? Il lui fallait aussi présider la chambre de commerce et même (quel pensum!) se prêter à des séances de coupage de rubans ou encore à des visites à l'hôpital pour saluer un employé blessé. Mais il évitait autant que possible toute promiscuité.

Quand Miller entrevit Andréa à la conserverie, il se passa quelque chose en lui qu'il n'avait jamais ressenti jusqu'alors. Cette femme était belle à éclipser le chatoiement d'un diamant et lumineuse à faire pâlir le soleil. Jamais il ne s'était intéressé à ces tâcheronnes qui travaillaient à son usine, encore moins à celles qui tentaient d'attirer son attention. Mais lorsqu'il avait vu Andréa pour la première fois, il en fut subjugué. Il était revenu plus souvent à l'usine à seule fin de l'apercevoir de nouveau. Chaque fois, il se passait le même phénomène : son cœur s'accélérait, il avait chaud et se sentait rougir, ce qui ne lui arrivait jamais. Était-ce cela le coup de foudre ? Était cela l'amour ? En réalité, il ne se posait même pas ces questions. Il ne savait qu'une chose : cette merveille devait être à lui, à lui tout seul.

Le père d'Andréa avait déjà eu son cordier à lui. Mais quelques mauvaises années de pêche infructueuse l'avaient mis au bord de la faillite. Il avait cédé à Miller son bateau pour une bouchée de pain et depuis lors, il travaillait pour lui. Lorsque Miller a souhaité prendre Andréa pour épouse, il était venu le voir pour en discuter. Le père d'Andréa lui avait promis d'en parler à sa fille.

— Monsieur Miller, il est venu me voir cette semaine.

— Que te veut-il encore ? Il ne t'a pas fait assez de mal comme ça.

— Non, il ne faut pas dire, ça, Andréa. Il a été bon pour nous, il nous a sauvés de la faillite. Il continue à m'employer comme capitaine. Il a été bon !

— Je ne suis pas certaine que le mot « bon » s'applique à lui… mais si vous le dites. Et alors, que vous voulait-il ?

— Bien… Il paraît qu'il t'a remarqué à la conserverie.

— Oui, et alors ? Il est venu plusieurs fois dernièrement, c'est vrai. Je ne pense pas qu'il m'ait remarqué.

— Voyons Andréa. Tu es la plus belle femme du village. Penses-tu qu'un homme peut rester indifférent lorsqu'il te voit ?

— Qu'est-ce que vous êtes en train de me dire ?

— Il voulait savoir si tu sortirais avec lui.

— …

— Une fréquentation très sérieuse… Tu n'as rien à craindre.

— …

— … Il veut t'épouser.

— Quoi ? Il veut m'épouser ! Mais il ne me connaît pas… et je ne le connais pas.

— Voilà pourquoi il veut te fréquenter… pour te connaître… il est très sérieux, tu sais.

— Mais papa. Il ne me dit rien, cet homme. Il est laid et vieux.

— Tu exagères quand même…

— Puis, il a une réputation d'homme dur et méchant…

— Une réputation qu'il ne mérite pas…

— Je ne veux pas l'épouser.

— Tu ne comprends pas, Andréa. Tu n'as pas le choix… Nous n'avons pas le choix… Tu sais ce que cet homme est capable de faire à qui lui résiste. Pense à ta mère et à moi. Que deviendrons-nous si je perds mon poste de capitaine et que ta mère ne travaille plus à la conserverie ? as-tu pensé à ça ?

C'est à partir de ce moment-là qu'Andréa commença à pleurer. Il ne s'est pas passé une semaine ensuite sans qu'elle n'aille se perdre loin sur la grève afin de vider toutes les larmes de son corps. Elle s'était toujours crue protégée des malheurs de ce monde par des parents aimants et un village forteresse. Or, ses parents la livraient à ce monstre et personne au village ne lèverait le petit doigt pour l'en empêcher. Tout le monde l'abandonnait comme un vulgaire bout de bois tordu sur la plage de sable. Où était allée cette confiance naïve aux autres qui l'avait rendue si heureuse dans son enfance ? Elle se jura depuis qu'on ne l'y reprendra jamais plus.

Andréa continua à se regarder dans le miroir, à replacer son diadème et sa voilette, à remonter son corsage. Elle se retourna ensuite, puis marcha d'un pas lent vers la sortie de la chambre, là où l'attendaient avec impatience les invités de la noce. Elle se sentit comme la condamnée qu'un capitaine malveillant poussait avec son épée sur la planche la menant sans retour à la chute fatale dans la mer.

Elle ouvrit, fut accueillie par une clameur de joie et referma hermétiquement derrière elle la porte sur son passé.

***

Cela faisait maintenant presque une année qu'Andréa était mariée. Miller, son mari, était parti en mer pour deux jours. Il avait embarqué sur la *Gaspésienne No 35*, l'un de ses cordiers préférés. Avec ses 45 pieds de la poupe à la proue, le bateau n'était pas très grand, mais robuste. Miller pouvait manœuvrer et pêcher avec un minimum d'hommes d'équipage, trois, parfois même deux, incluant lui-même. Toutes les économies étaient bienvenues. Il n'était pas devenu riche en jetant son argent pas les fenêtres. Il négociait toujours ferme lors de l'achat de bateaux ou d'équipement, dur en affaire et ne faisant jamais de cadeaux. Il payait aussi ses employés le minimum. Les gens disaient de lui qu'il était « peigne », ce qui voulait sans doute dire pingre.

On ne peut pas dire non plus que son train de vie était tape-à-l'œil. Toujours habillé de la même façon, sauf dans certaines cérémonies où il mettait une cravate sans attacher le col de chemise. Sa maison ne sortait pas de l'ordinaire dans ce village où chaque habitation se ressemblait, cottages d'un seul étage en clins blancs et à toiture de bardeaux d'asphalte. Le village se composait en fait de plusieurs agglomérations dont la plus importante n'avait qu'une seule rue principale et à peine quelques rues secondaires. On y trouvait une église catholique, une école primaire et même un dispensaire que les habitants appelaient avec emphase « l'hôpital ».

Dans ces moments où Andréa se trouvait seule à la maison, elle avait le sentiment de respirer. La maison vide l'effrayait moins que la présence de ce mari encombrant et dominateur. Elle n'avait plus besoin de se cacher pour prendre son petit verre de gin — et parfois deux ou trois. S'il venait à s'apercevoir qu'elle se livrait à son péché mignon, elle devait subir ses amers reproches : « Maudite soulonne ! Arrête de boire comme ça. Tu me fais honte ! ».

Miller n'était pas comme cela avec elle au début. Il semblait si fier d'avoir pu mettre le grappin sur cette beauté qui l'avait tant troublé lorsqu'il l'apercevait à la conserverie. Quand Andréa avait accepté de le marier (avait-elle vraiment eu le choix ?), il organisa la noce la plus somptueuse. Contrairement à ses habitudes et à contrecœur, il dépensa sans compter pour offrir à sa dulcinée le mariage de ses rêves. Il refusa l'argent du père d'Andréa qui aurait dû normalement assumer les frais de la noce. Non par générosité, mais parce que la cérémonie n'aurait jamais été à la hauteur de ce qu'il voulait pour cet événement : un moment marquant pour lui, pour le village et aussi bien sûr pour elle.

Non, il n'était pas cet être sans cœur au début. Il la sortait au restaurant le plus cher du village. Il était comme un paon qui fait la roue quand elle marchait à son bras sur le trottoir de la rue principale. Tout dans son comportement semblait dire : « Vous voyez, bande de niaiseux. Elle est à moi. » La plupart saluaient le couple avec révérence. Mais dès que Miller avait le dos tourné, on se moquait de lui ou encore on médisait à son propos. On prenait en pitié la belle Andréa qui s'était fait prendre dans ses filets. Vraiment ! Ce Miller était un sacré bon pêcheur.

Puis, tout le monde oubliait cette brève rencontre. Tous sauf Phil qui les regardait passer les bras ballants, le désespoir dans les yeux. Ce mariage d'Andréa avec Miller lui était resté en travers de la gorge. Phil aimait Andréa depuis toujours. Ils avaient été si proches. Ses parents étaient voisins (qui ne l'était pas dans ce village ?). Ils avaient ramassé des coquillages ensemble. Ils avaient couru pieds nus dans les vagues qui venaient mourir sur la plage. Ils s'assoyaient côte à côte dans la classe de madame Tremblay. Ils se donnaient des petits cadeaux le jour de leur anniversaire. Ils avaient partagé des fous rires, des moments de plaisir et de peine. C'était sa meilleure amie.

Phil était certain qu'elle l'épouserait un jour. Il en avait même déjà parlé au père d'Andrée. Il se souvenait comme si c'était hier de sa conversation avec lui. Sa mère lui avait dit de mettre son plus bel habit, une veste en tweed qu'il ne portait jamais. Il se sentait ridicule et à l'étroit dedans, mais il accepta quand même de le mettre pour faire plaisir à sa mère.

Avant d'arriver chez le père d'Andréa, il s'assura d'abord qu'elle ne fut pas à la maison. Il ne voulait surtout pas qu'elle soit au courant de sa démarche. Il se revoyait encore cognant à la porte avec à la main une boîte de biscuits que se mère avait préparés : « C'est pour Mme Joncas ». Celle-ci était venue lui ouvrir avec un grand sourire au visage. C'était de bon augure, pensa-t-il. Elle l'invita à venir s'asseoir au salon et s'esquiva dans la cuisine pendant que M. Joncas s'assit devant lui. C'était un homme à l'air sévère avec des yeux bleu de mer tirant sur le gris acier. Il lui demanda.

— Que me vaut l'honneur de ta visite ?

Évidemment, l'homme se doutait de sa démarche. M. Joncas ne l'avait jamais vu attriqué de la sorte et l'air effrayé de Phil en disait long sur ses intentions.

— Ben, M. Joncas... Je voulais... Je voulais...

— Ben oui, qu'est-ce que tu voulais ?

Décidément, M. Joncas ne cherchait pas à l'aider.

— Ben, vous savez… Il y a longtemps que vous me connaissez.

— Ça, c'est certain, je t'ai même porté dans mes bras quand tu avais encore des couches.

— Ben… Ben… Vous savez aussi qu'Andréa me connaît depuis longtemps aussi.

— Alors, dis donc, ça c'est toute une nouvelle. Es-tu venu seulement pour me dire des niaiseries pareilles ?

— Non… non… je m'excuse… C'est que je ne sais pas… comment le dire…

— Contente-toi de le dire comme ça vient.

— Ben, monsieur Joncas… je voulais… vous demander la permission… de fréquenter votre fille.

À ce moment-là, le visage de M. Joncas se fendit d'un large sourire.

— Et bien, ça t'a pris du temps à le sortir.

— Ouais…

— Bon, je vais en parler à Andréa. Tu la connais. C'est elle qui décidera.

Phil avait été si heureux de cette réponse pourtant ambiguë. Il remercia chaleureusement M. Joncas en lui serrant la main, salua Mme Joncas et partit presque en courant.

Dans un premier temps, M. Joncas se montra plutôt favorable à cette fréquentation. Il avait parlé de Phil à son épouse. C'était un garçon d'ici, honnête et travailleur. Mais Phil était un tantinet poltron. Il avait toujours été la tête de Turc de ses copains. C'est à lui qu'on jouait les plus vilains tours. Pour rire évidemment. Mais il s'accrochait et continuait à sourire. Il avait cette ténacité des faibles. C'était un doux et un tendre, ce qui dans ce village rude de pêcheurs n'était pas les qualités les plus recherchées. Néanmoins, il ferait sans doute un bon parti pour Andréa, faute de mieux. C'était un peu avant que se présente Miller pour faire une demande similaire.

Au début, Miller prenait soin de sa femme comme un bel objet précieux, un peu comme il traitait sa collection de bateaux miniatures en bouteille, seuls objets qui égaillaient un tant soit peu un foyer triste à mourir. En arrivant, Andréa commença à prendre en main la décoration, repeignit les cloisons, acheta de nouveaux meubles, décora les murs de marines achetées à prix d'or par correspondance. Elle se plut dans ce nouveau rôle de maîtresse de maison, tentant de faire contre mauvaise fortune bon cœur. Après une période où il fallut absorber le choc de ce mariage de raison, elle voulut se convaincre que le temps arrangerait tout. C'était sa nature. Andréa cherchait toujours à voir le bon côté des choses.

Il laissa faire son épouse dans ces transformations domestiques, jusqu'au jour où il mit brutalement le holà à ces dépenses extravagantes et inutiles. On ne peut pas dire qu'il fut enchanté de se retrouver quotidiennement dans un foyer à peine reconnaissable. Il avait cru que cela aurait fait plaisir à son épouse. Elle avait besoin d'être amadouée. Andréa n'était pas heureuse de son nouvel état, il le reconnut. Pourtant, il lui sembla faire tout son possible pour lui rendre la vie facile. Il se dit qu'elle vivait sans doute un moment d'adaptation tout à fait normal. Il chercha à s'en accommoder, convaincu que tôt ou tard elle arriverait à apprécier sa situation. Qu'elle arrive à l'aimer, c'était une autre histoire. Pour lui, il l'admit lui-même, ce n'était pas ce qui importait le plus. Après tout, elle avait fait un beau mariage avec un homme puissant qui allait la protéger. Une épouse pouvait-elle en demander davantage à son mari ?

Miller avait toujours été un homme malhabile avec les femmes. Avant Andréa, il n'avait jamais fréquenté de filles. Il se tenait loin de ces êtres plutôt étranges qui passaient leur temps à jacasser, à minauder et à ne rien faire de leurs dix doigts. Elles ne semblaient pas avoir d'autres ambitions que de faire un beau mariage et d'avoir le plus d'enfants possible. Jusqu'à un certain point, les filles lui rendaient bien son indifférence. Elles le trouvaient ridiculement laid, un brin sauvage et pas très attirant, sauf pour son compte en banque. En vérité, lui-même ne se trouvait pas très beau ni très séduisant et il se savait peu à l'aise en présence des femmes. Il se voyait comme le vilain petit canard de la fable.

Il avait abandonné l'école très tôt afin de travailler avec son père. Ce dernier lui avait enseigné jeune les rudiments de la pêche hauturière. Son père était de la vieille école, comme son père avant lui. Il transmettait à son fils son savoir de la seule façon dont lui-même l'avait acquis : à coup de trique. Le fils Miller se faisait battre plus souvent qu'à son tour à la moindre erreur. Il avait fini par l'accepter. C'était la seule façon que son père connaissait pour lui faire entrer le métier dans la peau, une peau restée marquée par des années d'apprentissage.

Lorsque le fils Miller avait repris l'entreprise à la mort de son père, il était encore bien jeune, mais connaissait déjà toutes les ficelles du métier. Surtout, il avait la bosse des affaires, un talent qui lui venait de sa mère en l'occurrence. Elle tenait d'une main de fer les finances de l'entreprise, surveillant chaque sou entrant et sortant. Elle surveillait aussi les activités de son mari rêveur qui avait tendance à s'éparpiller dans des projets fumeux. Combien de fois ne l'avait-elle pas ramené à la raison par son argumentation à toute épreuve ? *Miller Fishery* était bien davantage aujourd'hui le produit du travail acharné de sa mère que de celui de son père.

Andréa n'avait pas connu d'homme au moment de son mariage. Ses parents étaient très sévères envers leur fille unique. Ils ne voulaient pas qu'elle devienne une marie-couche-toi-là comme celles qui traînaient à la salle de billard ou avec les bandes de garçons. Ils étaient très croyants aussi, de bons catholiques qui allaient avec elle à la messe tous les dimanches et recevaient régulièrement le curé pour ses visites paroissiales.

Elle n'avait à aucun moment mis en doute ce mode de vie qu'elle ne percevait pas comme imposé de l'extérieur. Son caractère s'y prêtait à merveille. C'était une jeune fille timide — ses parents disaient « réservée » — qui évitait d'être le centre d'attention. Elle aimait les choses simples : observer la nature, faire de longues promenades sur la plage, lire, regarder les étoiles. Jamais elle n'avait vécu ce genre de rébellion sans cause que bon nombre d'adolescents connaissent tôt ou tard. C'était une gentille fille, affable et généreuse. Mais il ne fallait pas s'y tromper. Il y avait en elle une certitude tranquille de sa valeur qui la faisait flotter un peu au-dessus des autres et rendait la plupart des garçons craintifs en sa présence. Comment approche-t-on une étoile si brillante ? Les mauvaises langues, surtout les femmes, la traitaient de « frachiée », une expression du terroir dont la signification pouvait s'étendre de « suffisante » à « arrogante ». Ce quant-à-soi qui lui était propre, elle l'avait perdu le jour à l'église où elle avait dû dire « oui ». Alors, quelque chose s'était brisé en elle, une chose irréparable. Elle avait compris qu'elle ne serait jamais plus la même.

La nuit de noces fut brutale, c'est le moins que l'on puisse dire. Andréa avait tant pleuré. Miller n'avait pas compris pourquoi. Il avait fait son devoir conjugal. C'était dans l'ordre de choses entre un homme et une femme. Qu'avait-elle à lui reprocher ? On ne peut pas dire qu'Andréa fut prise par surprise. Elle avait déjà une connaissance sommaire de l'anatomie des corps et de leur différence. Elle connaissait évidemment la mécanique de l'acte sexuel, du moins en théorie. Enfin, sa mère lui avait prodigué quelques bons conseils avant sa nuit de noces, la préparant psychologiquement à ce qui l'attendait.

Elle avait pleuré non parce qu'elle se sentait outragée dans son corps. Andréa n'était pas une sentimentale. Jamais elle n'avait rêvé du prince charmant. En ce sens, elle n'était pas comme les autres copines de son âge. Quand celles-ci se parlaient entre elles, il était question d'enfants, de belle maison et surtout de beau mari à la Robert Redford. Andréa ne rêvait à rien de la sorte. En réalité, elle n'aimait pas se projeter dans le futur. Elle était bien comme elle était. Elle voulait travailler rapidement pour ne pas dépendre de ses parents ni de quelqu'un d'autre d'ailleurs. Elle tenait au plus haut point à être libre, responsable de ses actes et de ses pensées.

Si rêves il y avait, ils étaient d'une autre nature. Chaque année, pendant le carême, un Père Blanc d'Afrique venait parler de sa mission au Congo ou ailleurs. Il arrivait avec des diapositives d'enfants malades ou souffrant de malnutrition. Il racontait l'exaltation de venir en aide aux plus pauvres, de la satisfaction de nous dépasser pour Jésus. Ces rêves lui convenaient mieux, car ils réalisaient son désir d'indépendance tout en puisant dans son fond naturel de générosité. Chaque fois que la conférence se terminait, elle ne manquait pas d'aller s'informer auprès du bon Père des besoins de missionnaires laïques. Elle s'était rendu compte finalement d'une chose : ce qui l'intéressait vraiment dans ces projets, hormis le fait de se retrouver dans des pays lointains, c'était l'absence d'attache et la liberté.

Andréa pleura cette nuit-là parce qu'elle avait vu sa liberté entravée à jamais, emprisonnée comme elle l'était dans une vie qui, elle le comprenait maintenant, ne la comblerait pas.

Chapitre 4 : Andréa rencontre Pierre

Madame Andréa était toujours assise devant la fenêtre. Depuis une semaine, elle était presque retombée dans son mutisme habituel après avoir raconté un pan de sa vie dans son village de la Côte-Nord autrefois. C'était il y a si longtemps tout cela, bien avant les téléphones portables et les ordinateurs.

Ce jour-là, en entrant, Zoé lui dit : « Bonjour grand-mère ». Andréa lui répondit par un sourire. C'était la première fois que Zoé la voyait sourire. Andréa tenait dans sa main un objet comme si c'était son bien le plus précieux. Zoé lui demanda si elle pouvait le prendre. C'était un objet filiforme pas très long d'un beau rouge tirant sur le vermillon. Pas très lourd non plus. Zoé avait déjà vu des objets semblables quand elle avait fait le tour de la Gaspésie avec ses parents. Il s'agissait d'un morceau de corail sculpté. Celui qui l'avait façonné n'était pas un artiste, vraisemblablement. On aurait dit un Giacometti sans le début du talent du célèbre sculpteur.

— C'est beau, mentit Zoé. Un cadeau ? De votre mari ?

— Grand Dieu, non ! s'exclama-t-elle. Jamais il n'aurait pensé me faire un cadeau, celui-là.

Après un long moment à admirer la pièce que Zoé lui avait remise, elle ajouta.

— Tous les gens du village l'appelaient le Français.

***

Le village était un microcosme. On y trouvait de tout en plus petit sauf pour les commérages qui étaient amplifiés. Et ces commérages ne pouvaient faire autrement que se rendre aux oreilles d'Andréa. La nécessité de dépendre l'un de l'autre en faisait un milieu à la fois sécuritaire et étouffant. On avait beau y être balayé par les grands vents du large et le regard pouvait bien se perdre à l'horizon, on y vivait en vase clos. Les villageois étaient fiers de leur autonomie, pourtant leur économie dépendait de l'extérieur, notamment pour les denrées essentielles. Les approvisionnements se faisaient exclusivement par bateau… quand ce dernier parvenait à accoster. La situation de ce village du bout du monde créait chez la population tissée serrée une mentalité d'insulaire.

Lorsque le Français arriva de nulle part en débarquant du bateau d'approvisionnement, il fit l'objet d'une attention prudente. Un étranger qui vient s'installer au village était un événement suffisamment rare pour éveiller l'intérêt, voir les soupçons. C'était un beau et grand homme, les cheveux bruns et la barbe fournie. Il avait des yeux marron pénétrants. L'un de ses sourcils avait la particularité d'être barré en diagonale de quelques poils blancs.

Sur le quai, il avait demandé son chemin à Fernand, l'un des employés de la compagnie de bateau. Évidemment, la nouvelle de cette arrivée s'était répandue comme une traînée de poudre. C'était toujours ainsi dans ce village. Quand Fernand vint prendre sa petite bière à la taverne de Bob avant de repartir, tous les gars firent comme si de rien n'était. Fernand s'assit à la table de Phil et Jean-Guy, comme d'habitude. Il commanda une langue dans le vinaigre et un chip, puis s'enfila derrière la cravate (qu'il n'avait pas) une grande rasade de cervoise.

— Pis, Fern, le voyage s'est bien passé ?

— Certain, mon homme. T'aurais dû voir la mer. Une vraie nappe d'huile. Ça fait longtemps que j'ai pas vu ça. J'va prier le Bon Dieu pour que ça continussse en r'venant.

— Ah ! C'est donc pour ça que t'as pas de vomi sur toi. Je me demandais aussi, lui dit Jean-Guy.

Les deux compères s'esclaffèrent, mais pas Fernand.

— Ben drôle, les gars ! Mais on n'a pas tous le pied marin comme vous autres. Moi, j'ai pas étudié pour ça.

— T'as étudié, toi !…

— Oui Mossieur. J'ai même déjà voulu entrer à La Pocatière pour devenir agronome.

— Qu'est-ce qui est arrivé ? On t'a refusé parce t'avais les pieds plats ?

Des rires fusèrent encore, mais cette fois Fernand s'amusa de bon cœur. Le grand Jean-Guy menait la danse des blagues, bonnes et moins bonnes. C'était un bon vivant qui avait toujours un coup dans le nez. Cela ne l'empêchait pas de se lever tous les jours sauf le dimanche à trois heures du matin pour aller ramasser au filet la boëte nécessaire à la pêche à la morue à quelques milles de la côte. Il prenait surtout du hareng qu'il rapportait à sa bouée d'ancrage. Il passait beaucoup de temps à fixer la boëte sur les palangres (les gens du coin disaient des *trawls*), de longue corde de six mille pieds à laquelle sont fixés tous les quatre pieds un hameçon auquel on attache une par un des morceaux de harengs. Le travail était dur et fastidieux. Voilà pourquoi Jean-Guy, comme bien d'autres marins, s'évadait dans l'alcool dès qu'il en avait l'occasion.

Jean-Guy avait été le leader incontesté et de toute façon incontestable de son groupe de copains à l'école, dont faisait partie Phil. Il tenait son groupe d'une main de fer. Il avait toujours été le plus grand et le plus fort. Il n'hésitait pas à tabasser ses *chums* s'ils ne faisaient pas ce qu'ils voulaient. On avait peur de lui, mais on l'admirait aussi. Ce n'était pas un mauvais bougre. Il avait grand cœur et était capable d'aider les siens quand ils avaient des problèmes. À Montréal, il aurait été un petit chef de gang. Ici, c'était Jean-Guy, simplement.

Phil avait plusieurs fois mangé la médecine de Jean-Guy ; il le craignait. Mais en même temps, il se sentait en sécurité avec lui. Phil était plutôt couard ; il n'avait pas la force ni la corpulence et encore moins le bagou de son copain. Il comptait souvent sur lui pour régler ses propres problèmes. Mais Jean-Guy n'avait rien pu faire pour ses fiançailles ratées avec la belle Andréa. Miller était aussi son patron. De plus, Jean-Guy en avait peur. Il avait trouvé son maître en matière de brutalité. Plus jeune, il s'était déjà confronté à lui en combat singulier et il s'était retrouvé en moins de deux au dispensaire pour soigner ses blessures. On ne l'y reprendrait plus. Cela n'empêchait pas Jean-Guy de donner de bons et judicieux conseils à Phil lorsque celui-ci venait pleurer dans son verre à la taverne : « Tu ne devrais pas te laisser faire. Bats-toi comme un homme si tu veux la ravoir, ta belle ». Mais lui-même ne l'aurait sûrement pas fait s'il avait été à sa place. Décidément, Miller était trop puissant dans ce village isolé.

— Dis donc Fern, c'est qui le gars qui est descendu du bateau ? demanda Phil.

Voilà la question qu'il attendait depuis son entrée dans la taverne. Fernand était en quelque sorte le crieur du coin. Il rapportait les nouvelles et les ragots et il savait pertinemment que c'est ce qu'on escomptait de lui. Voilà pourquoi il prenait tout son temps pour distiller sa prose, comme un bon auteur de polar qui nous fait languir pendant des pages avant de révéler le secret. Il vendait ses informations non pas en retour d'une somme d'argent, mais de l'attention générale, attention qu'il n'avait pratiquement jamais autrement.

— De qui tu parles ? … Ah oui, oui… le gars là.

— Ben oui, Fern… le gars là… celui avec la barbe et avec un drôle de sourcil.

— Oui, oui. Tu veux dire le Français.

— Ah parce qu'il est Français ?

— En tout cas, c'est ce qui me semble quand je l'ai entendu parler. Il parle à la française, comme ces types à la télévision.

Lorsque la conversation entre Phil et Fernand débuta, un silence s'abattit dans cette taverne d'ordinaire si bruyante des conversations et des engueulades des hommes. On écouta.

— Est-ce qu'il vient pour longtemps ? C'est peut-être un touriste ?

— Un touriste ? Parce qu'il y a des touristes qui savent que ce village existe ?

— Ouais ! Peut-être pas beaucoup, c'est vrai.

La conversation s'arrêta pendant que les trois hommes prirent une rasade de bière en même temps. Plusieurs autour firent de même. Décidément, Fernand ménageait ses effets.

— Qu'est-ce qu'il t'a demandé ? reprit Phil.

— On s'est pas parlé longtemps…

Jean-Guy prit alors la parole afin d'accélérer le mouvement.

— Écoute Fern, fais pas ta guidoune. On dirait que tu veux faire monter le prix de ta passe. Qu'est-ce qu'il t'a dit le Français ?

— Ben, il voulait savoir où était la maison de la veuve Landry, dit Fern plutôt offusqué par la comparaison.

— La maison de la veuve Landry ? répéta Phil comme un perroquet.

La veuve Landry possédait une petite maison de pêcheur au bord de l'eau. La bicoque ne payait pas de mine : le clin était décoloré par l'usure du temps et les fenêtres avaient sérieusement besoin d'un bon coup de peinture. Elle y habitait depuis toujours et elle ne l'avait pas quitté lorsque son pauvre pêcheur de mari était décédé d'une crise cardiaque depuis longtemps déjà. Elle n'avait jamais voulu se remarier. D'ailleurs, personne n'avait souhaité vivre avec cette « vieille gribiche », comme on le disait. C'était une femme acariâtre dont la réputation n'était plus à faire. Elle chassait les gamins à coup de balai et les importuns en leur fermant la porte au nez.

Elle vivait chichement avec la maigre pension de son mari et les allocations du gouvernement. Elle avait trouvé le moyen d'améliorer ses fins de mois en louant au noir l'une des chambres à l'étage aménagées pour recevoir des hôtes. Le Français voulait sans doute louer la chambre pour un certain temps, car la veuve Landry n'acceptait pas de prendre pour seulement quelques jours les « caves », comme elle appelait affectueusement les rares fonctionnaires de passage.

— Y t'as-tu dit combien de temps il voulait rester ? reprit Phil.

— Ça, je ne sais pas. Il ne m'a rien dit là-dessus. Il n'est pas très bavard le type. Mais c'est sûr qu'il est ici pour plus de quelques jours. Oui ça, c'est certain.

Fern s'envoya une autre rasade de bière, un geste mimé par au moins la moitié des hommes de la taverne. Il fallait vraiment lui arracher les vers du nez à ce sacré Fern. Phil demanda de nouveau.

— Comment tu sais qu'il voulait rester plus longtemps ?

— Ben, il a l'air de vouloir se trouver une job ici.

Encore un long silence. Jean-Guy commençait à perdre patience :

— Envoye ! Accouche qu'on baptise. Dis-nous comment tu le sais.

— Il m'a demandé où étaient les bureaux de *Miller Fishery*.

Tous les hommes déposèrent en même temps leur verre sur la table, ils se regardèrent et recommencèrent leurs bruyantes conversations comme si de rien n'était. La criée venait de se terminer.

Quand le Français se présenta le lendemain dans les bureaux de *Miller Fishery*, il demanda à voir le patron. Ce jour-là, Miller était présent contrairement à ses habitudes. Comme tous les vendredis de fin de mois, il faisait ses comptes et Dieu sait qu'il prenait un soin méticuleux à ce travail ennuyeux. Le Français fut introduit dans le bureau par la femme aux cheveux blancs qui agissait comme secrétaire de Miller.

Le Français n'entra pas dans le bureau comme tous les autres le faisaient, la queue entre les jambes, la mine basse, les épaules rentrées, la casquette dans les mains. Il s'avança vers le bureau sans paraître impressionné le moins du monde. Son attitude surprit d'abord Miller. Il regarda le Français avec un petit sourire ironique.

— Qu'est-ce que tu veux ? lui a-t-il demandé avec sa brutalité habituelle.

— Il semble que vous avez du travail pour un bon marin.

Miller le toisa de haut en bas. C'était un homme qui avait fière allure, il n'y a pas à dire. Mais cela ne signifierait rien. Il en avait connu des plus solides qui n'avaient pas tenu deux semaines sur un cordier.

— T'as déjà fait de la pêche en haute mer ?

— Oui.

— Combien de temps ?

— Plusieurs années.

— Où ça ?

— Quelque part.

Miller en avait connu des gens comme lui. Ils se retrouvaient ici parce qu'ils n'avaient pas d'autres places où aller. La plupart étaient des « sans dessein » — c'était son expression. Ils disaient tout savoir sur le métier, mais pleurnichaient à la première occasion une fois sur un cordier.

— T'es pas très bavard à ce que je vois.

— Est-ce que c'est nécessaire ?

— Non, pas pour la pêche, c'est vrai. Qu'est-ce qui me dit que tu seras capable de faire le travail ?

— Rien.

Le Français n'était nullement intimidé par Miller, cela se voyait. Ce comportement n'avait rien pour déplaire à Miller qui ne se retrouvait pas souvent devant de tels hommes, des vrais, de la trempe de ceux qui lui ressemblent.

— C'est quoi ton nom ?

— Pierre Ségal.

— T'es Français, Pierre Ségal ?

Pierre ne répondit pas. Miller ajouta.

— Hé bien, le Français. Tu commences demain.

Andréa regardait toujours la statuette avec des yeux que Zoé ne lui connaissait pas.

— C'est Pierre qui me l'a donnée. Il était si beau, cet homme. J'ai été tout de suite conquise lorsque Miller me l'a présenté.

— C'est votre mari qui vous l'a présenté ?

— Oui. Miller l'appréciait comme pêcheurs, ils travaillaient parfois ensemble.

***

Cela devait bien faire deux mois que le Français pêchait sur l'un des bateaux de Miller quand un matin, il vit arriver le capitaine du *Marie-Jeanne* en titubant comme s'il était sur une mer houleuse. Il était complètement saoul. Il monta péniblement à bord en saluant le Français et le jeune dont c'était la deuxième sortie en mer par un : « Ohé les pirates, à l'abordage ». Puis, il se dirigea vers la cabine, mais ne démarra pas le moteur. Les deux pêcheurs attendirent un temps jusqu'à ce que le Français aille aux nouvelles.

En entrant dans la cabine, il vit le capitaine endormi appuyé sur la barre. Il dit au jeune de courir chercher Miller.

Dans les grosses périodes de pêche comme maintenant, Miller n'était jamais loin sur le quai. Le jeune le trouva rapidement et lui annonça la mauvaise nouvelle. Le Français le vit arriver presque en courant, étonné de son agilité pour quelqu'un de son gabarit. Il agitait les bras en vociférant quelque chose. Le jeune trottinait en arrière la tête basse.

Arrivé sur le pont, il demanda sans saluer le Français : « Où est-il, le sacrament ? » Le Français lui indiqua la cabine. L'autre y entra, furibond. On entendit à l'intérieur le bruit d'un corps qui se déplace en se cognant partout. Puis soudain, le capitaine sortit en roulant littéralement sur le pont. Son visage était amoché par les coups de Miller, cela ne faisait aucun doute. Il criait en se protégeant le visage.

— Mais M'sieur Miller, c'est pas ma faute.

— Comment ça, c'est pas ta faute ? C'est ta bonne femme qui t'a forcé à boire, lui dit Miller en lui donnant un coup de pied dans le ventre.

Le capitaine se tordit de douleur en se recroquevillant. Il pleurait maintenant à chaudes larmes. Miller lui dit.

— Debout ! Pis arrête de chialer, maudite moumoune.

Il le prit par les épaules et le releva d'un coup. Pourtant le capitaine n'était pas petit. Les ragots que l'on rapportait sur Miller venaient de prendre tout leur sens : il était d'une force herculéenne et savait s'en servir avec brutalité. Miller poussa sans ménagement l'homme vers le bordage, le fit monter sur le quai et lui donna un formidable coup de pied au cul, tellement que l'autre leva de terre. L'homme roula de nouveau sur le sol en geignant. Autour, les autres marins qui préparaient leur gréement ont croulé sous un grand éclat de rire, mais ils cessèrent aussitôt lorsque Miller les regarda avec des yeux de feu.

— Qu'est-ce que vous attendez ? Appareillez ! Les poissons n'attendront pas, eux autres.

Puis il se tourna vers l'ex-capitaine en lui montrant le poing.

— Pis, que je te ne revois plus ici. T'as compris. Nulle part, tu m'entends.

L'homme savait maintenant qu'il n'avait plus aucun avenir au village.

La mer ne pardonnait pas une attitude comme celle du capitaine. Tous les marins le savaient. La mer est comme un tigre tapi dans l'herbe qui attend sa prochaine victime. La mer peut paraître si douce qu'on a envie de la flatter. Elle peut être aussi silencieuse et aussi calme qu'un gros chat. Puis soudain, comme un félin prédateur, elle tend ses muscles et s'élance. Alors seul un marin expérimenté toujours sur le qui-vive est capable d'échapper à la bête. Un capitaine saoul met non seulement sa vie en danger, mais celle de son équipage en plus du bateau lui-même. Pas un marin ne pouvait avoir pitié du capitaine déchu. Mais la manière de le faire, elle, avait été plutôt contestable, c'est le moins que l'on puisse dire. Mais qui aurait osé élever la voix pour protester ?

Le jeune, un gringalet tout maigre et nerveux, ne tenait pas en place. Il dit à Miller.

— Qu'est-ce qu'on fait maintenant, Monsieur Miller ? On repart chez nous ?

Miller embarqua et le regarda en le fusillant du regard.

— T'es qui, toi, le chicot ?

— Robert, je m'appelle Robert.

— Ben le chicot, tu feras ce qu'on te dit. Je prends la barre et on appareille. Tu suivras les conseils du Français. Il sait ce qu'il a à faire.

Miller jeta à peine un coup d'œil au Français, puis se dirigea vers la cabine. Il démarra le moteur et s'éloigna lentement du quai pour se diriger vers son lieu d'ancrage. Poc-à-poc, poc-à-poc, poc-à-poc. Le moteur Acadia dont le bruit caractéristique se reconnaissait entre mille poussa le bateau au large à la vitesse maximale. Du quai, on pouvait voir se dresser les voiles de foc et de brigantine sur les deux mâts afin d'utiliser le vent plutôt que le mazout. C'est de cette façon que l'on reconnaissait Miller à la barre : tout pour faire des économies.

Pendant que le *Marie-Jeanne* filait vers le banc de pêche, les trois hommes s'étaient mis à la tâche pénible de dérouler la *trawl* lovée sur de grands et lourds dévidoirs à chevalet appelés « pianos ». La *trawl* se composait d'une longue corde solide de quelque six mille pieds. À tous les quatre pieds se trouvait attachées des cordes plus petites, les avançons, qui se terminaient par un hameçon, un croc dans le jargon de pêche. Le pêcheur devait faire vite pour accrocher à chacun des crocs un morceau de harengs, cette boëte pêchée la nuit au filet. Il y avait quatre pianos et donc quatre lignes qui allaient devoir être jetées à la mer bientôt.

Arrivés sur le banc de pêche. Miller affala les voiles et ferma le moteur qui tournait au ralenti. Les trois hommes se sont empressés de terminer d'appâter les lignes afin de débuter la pêche.

Quand le travail se termina, il fallut jeter les *trawls* à l'eau. Ce n'était pas l'exercice le plus difficile, mais c'était sans doute le plus délicat. Des cordes qui traînaient partout sur le pont pouvaient à tout moment s'empêtrer dans les pianos et les renverser. Or ces derniers étaient suffisamment lourds pour blesser gravement un homme. On pouvait aussi, si l'on n'y prenait garde, se faire emprisonner un pied dans la corde qui se déroulait de plus en plus vite à mesure qu'elle descendait au fond. Les lignes étaient lestées de lourdes pesées de plomb espacées régulièrement. On savait que la descente était terminée lorsque le flotteur rouge sautait par-dessus bord, un grappin maintenant solidement la ligne sur le fond marin. Ainsi, on pouvait retrouver facilement le produit de la pêche dans quelques heures.

Ce jour-là, un accident avait été évité de justesse. Pendant que deux des trois hommes, les plus expérimentés, travaillaient en silence et en vitesse, le jeune suait à grosses gouttes malgré la brise fraîche. Il se parlait sans arrêt à lui-même. Évidemment, les deux autres ne l'écoutaient pas. À l'évidence, le jeune n'était pas suffisamment rapide et cela rendait Miller furieux. Il s'apprêtait à intervenir lorsque le Français, qui avait terminé l'hameçonnage de sa ligne, vint aider le jeune. Ainsi, quand le bateau se positionna selon les courants des vents et des marées de manière à éviter d'emmêler les lignes, les *trawls* étaient toutes prêtes à être descendues.

Lorsque la première ligne fut jetée à l'eau, le jeune était distrait et regardait la mer au loin plutôt que de se concentrer sur son travail. Le Français sentit immédiatement le danger lorsqu'il posa son regard sur lui. Le jeune ne s'était pas aperçu qu'il avait mis l'un de ses pieds dans une boucle de la ligne. Le déroulement était déjà avancé et la corde défilait à toute vitesse. Le jeune n'était pas très lourd et risquait de passer par-dessus bord si la ligne le prenait au piège. Le Français s'élança à toute vitesse vers lui, à la surprise de Miller se demandant ce qui se passait. Le Français se jeta littéralement sur le jeune, le prit à bras le corps, le souleva de terre et s'effondra avec lui sur le pont loin de la *trawl* dont le flotteur venait tout juste de passer par-dessus bord.

Pendant que le jeune, éberlué, se releva péniblement, Miller lui hurla : « maudit sans dessin. T'aurais pu te faire tuer ». Le Français se releva à son tour sans dire un mot. Les deux hommes se toisèrent. Miller regarda le Français avec une pointe d'admiration dans les yeux, ce qui lui arrivait très rarement. C'était fugace, il est vrai, mais la lueur était quand même restée pendant une seconde ou deux. Le Français quant à lui, selon son habitude, ne dit pas un mot et regarda Miller droit dans les yeux sans aucune émotion apparente, ni positive, ni négative. Plus personne ne parla du reste du voyage.

À la fin de la pêche vers la fin de l'après-midi, le *Marie-Jeanne* avait fait une bonne pêche malgré le bris d'un des treuilles mécaniques qui avait obligé le Français à soulever l'une des lignes à la force de ses bras. Cet exercice que les vieux pêcheurs connaissaient bien, mais qui ne se pratiquait plus aujourd'hui avec la mécanisation était des plus pénibles. Imaginons tirer une corde à laquelle étaient attachées une centaine de morues, lequel n'est pas un petit poisson avec sa quarantaine de kilos. Les vieux disaient que c'était comme essayer de remonter le fond de l'eau.

Quand le déchargement fut terminé, les trois hommes préparèrent leur barda pour partir chacun de leur côté. Miller n'eut pas un mot pour le jeune qui partit la tête basse. Toutefois, il s'approcha du Français et lui dit. « Viens donc prendre un verre à la maison ». Il arrivait à Miller d'inviter des gens chez lui. La plupart du temps, c'était par intérêt : un fournisseur ou encore un acheteur potentiel. Très rarement avait-il invité un employé. Le Français accepta. Ils marchèrent jusqu'à la maison de Miller sans prononcer un seul mot ni l'un ni l'autre.

Évidemment, la porte n'était pas fermée à clé. Aucune porte n'était verrouillée au village. En entrant, il fit comme d'habitude beaucoup de bruit, déposant son barda, enlevant ses bottes et son parka. Miller lança.

— T'es là, Andréa ?

— Oui, oui, j'arrive, répondit Andréa de sa voix veloutée si particulière.

En entrant dans le salon, elle fut très surprise de voir son mari accompagné d'un autre homme. Elle resta là à regarder le visiteur avec ses beaux yeux bleus de mer et son sourire figé. Le Français semblait frappé de stupeur. Il ne s'attendait pas à une si belle femme. Toutes celles qu'il avait vues au village jusqu'à maintenant lui paraissaient ou trop vieilles ou trop ordinaires. Or devant Andréa, il se posa une question : que pouvait bien faire cette beauté avec un tel homme ? Le Français était très rarement pris au dépourvu devant quelqu'un, que ce soit un homme ou une femme. Mais là, il en fut bouche bée, lui qui parlait déjà si peu.

— C'est le Français. Tu sais, je t'en ai déjà parlé.

Le Français s'approcha d'Andréa et lui tendit la main.

— Pierre... Pierre Ségal.

— Andréa.

Pierre fut charmé par la voix mélodieuse d'Andréa. Il lui serra la main doucement, bien que fermement, comme il avait l'habitude de le faire avec les femmes. Andréa lui mit la main dans la sienne. Elle était chaude. Andréa avait de longs doigts, « des doigts de pianistes », pensa-t-il. Il ne lui avait pas fait de baisemain parce qu'il savait que ce n'était pas bien vu dans ce pays.

De son côté, Andréa ne voyait pas souvent des hommes comme lui au village. Il était grand et sans doute fort, il avait un air assuré qui respirait la sécurité et la confiance. Elle remarqua ses poils blancs dans l'un de ses sourcils et trouvait que cela lui donnait un charme supplémentaire. La main qu'elle venait de sentir dans la sienne n'était pas une main de marin. Il y avait bien des débuts de callosités, mais pas autant que dans celles des hommes d'ici. Ce n'était pas un pêcheur professionnel. De cela, elle en était certaine.

— Viens donc t'asseoir, mon homme. Andréa ! Apporte-nous la bonne bouteille de cognac.

Andréa retourna à la cuisine et revint presque aussitôt avec une bouteille de cognac et deux verres. Elle les déposa sur la table du salon. Pierre la regardait circuler. Il la trouva très élégante. Sa robe d'un beau vert forêt allait à merveille avec ses cheveux d'un blond vénitien. Cette femme soignait son apparence, à l'évidence. Elle marchait en ondulant très légèrement, tout naturellement. Ses gestes étaient posés sans affectation. « Naturel », ce fut le mot qui lui vint à l'esprit. Une beauté naturelle.

Andréa s'apprêta à repartir lorsque Miller l'interpella : « viens donc t'asseoir avec nous ». Elle s'installa sur le canapé en face d'eux. Pierre trouva sa façon de s'asseoir parfaitement adaptée. Elle avait croisé les pieds de biais dans une pose encore là si naturelle. Il était charmé, c'est le moins qu'on puisse dire.

— Tu sais que notre Français, c'est un sacré bonhomme. Il a sauvé la vie d'un homme aujourd'hui.

Pierre ne dit rien, se contentant de secouer la tête. Un silence tomba. Andréa prit la parole.

— Vous vous plaisez ici, M. Ségal ?

— Pierre.

— D'accord Pierre. Et alors vous aimez cela ici, au bout du monde.

— Si. C'est très beau. Ce paysage boréal est presque irréel.

« Boréal ». Voilà un mot que personne ici n'avait jamais entendu. On devinait que cela voulait dire « du nord » ou quelque chose de semblable.

— Vous venez d'où, Pierre ?

Pierre ne répondit pas à cette question, se contentant de lever le regard vers les bateaux miniatures dans les bouteilles de verre posées sur l'étagère d'en face

— C'est très joli.

— J'en fais une collection, dit Miller. Alors, levons nos verres et santé !

Les deux hommes cognèrent leur verre ensemble et avalèrent d'un coup le liquide ambré. Sur ce, Pierre déposa son verre de cristal sur la table, se leva et serra la main à Miller.

— Merci pour le cognac, Miller.

Personne n'avait jamais appelé Don Miller ainsi. C'était « Monsieur Miller ». Mais il ne s'en formalisa point.

— Salut le Français. À une prochaine tournée en mer.

Pierre s'avança vers Andréa qui se leva aussitôt. Il lui serra la main une autre fois en la regardant dans les yeux cette fois. Andréa rosit à peine et baissa les siens.

— Au revoir, madame Miller.

— Andréa. Appelez-moi Andréa, je vous en prie.

— D'accord Andréa. À une autre fois, alors.

Pierre se rhabilla, prit son barda et sortit.

C'était la première rencontre entre Pierre et Andréa. Andréa était convaincue que ce ne serait pas la dernière.

Chapitre 5 : Zoé et ses racines

Zoé avait encore sa clé. Elle entra dans la maison en lançant : « Maman, t'es là ? ». Elle se douta bien sûr qu'elle allait la trouver dans sa chambre bien que l'on soit au milieu de l'après-midi. Elle traversa le salon en désordre et la cuisine dont le comptoir était encombré de vaisselle. Elle s'approcha de la chambre et s'arrêta sur le seuil. Évidemment, sa mère était couchée en robe de chambre. Sur la table de chevet traînait là tout un assortiment de boîtes de pilules. Elle n'avait pas besoin de lire les étiquettes pour savoir que c'était des antidépresseurs.

D'aussi loin qu'elle se souvienne, Zoé avait connu sa mère dans cet état. Enfin, pas dans un tel état. Sa mère avait toujours eu tendance à la dépression. Elle avait donné le change pendant la période où elle était encore avec Eliott. Mais depuis qu'il n'était plus là, elle se laissait aller, peinant même à entretenir sa maison.

Bien sûr, comme tous les dépressifs, elle avait des hauts et des bas. Dans ses beaux jours, c'était une femme charmante, séduisante même. Elle s'occupait bien de sa petite fille, lui achetant de beaux vêtements, la soignant du mieux qu'elle le pouvait, lui disant tant et tant qu'elle l'aimait. Mais dans ses mauvais jours, elle devenait pénible, lui jetant à tort et à travers des reproches injustes, toujours en mode de chantage affectif. Combien de fois au téléphone lui avait-elle lancé : « Tu me laisses toute seule ; je ne te vois jamais ; je pourrais mourir sans que tu t'en aperçoives. » Si un temps ces récriminations avaient pu la toucher, il n'en était plus de même aujourd'hui. Elle-même empêtrée dans ses propres problèmes, elle avait délaissé sa mère devenue un fardeau trop lourd à porter.

Elle s'approcha du lit sans précaution.

— Maman, qu'est-ce que tu fais encore couchée ?

Sa mère ouvrit les yeux et vit Zoé près du lit. Elle se redressa et lui dit :

— Ah, ma Zoé, tu es venue voir ta p'tite maman. Enfin, tu es là. Viens. Viens m'embrasser.

Zoé se pencha sur elle et l'embrassa sans conviction. Elle ne supportait pas ce ton plaintif que sa mère adoptait souvent en lui parlant.

— Qu'est-ce que tu fais encore couchée au milieu de l'après-midi ?

— Oh, je faisais une petite sieste…

— … en robe de chambre ? Habille-toi maintenant. Je vais te faire du café.

Elle repartit dans la cuisine, déposa quelques cuillérées de café moulu dans la cafetière filtre et se mit en frais de débarrasser le comptoir. Elle savait qu'elle devrait bientôt rappeler à sa mère de s'habiller. Elle commença donc à laver la vaisselle tout en lui criant : « Maman, le café est prêt. Tu viens ? » Lorsque sa mère se pointa dans le cadre de la porte, pas peignée ni maquillée, mais habillée, cela faisait un bon quart d'heure que Zoé rangeait. Elle en était à essuyer les dernières fourchettes lorsque sa mère vint s'effondrer littéralement sur l'une des chaises de la cuisine. Elle la regarda avec des yeux de chien battu et lui dit :

— Ouf ! Je suis épuisée ! Et toi, qu'est-ce que tu deviens, ma Zoé ?

— Comment ? Qu'est-ce que je deviens ? C'est quoi cette question ? Tu le sais très bien ce que je deviens. Est-ce que tu t'en souviens au moins ?

— Ah oui, c'est vrai. Pauvre petite. Tu as été malade ? J'ai été tellement malheureuse d'apprendre ça ? Qu'est-ce qui est arrivée, mon p'tit ange ?

Zoé bouillait. Ses joues devinrent cramoisies. Sa mère avait dit cela comme si elle avait échappé son sac d'épicerie en faisant ses emplettes. Même si elle était prémunie par des années d'expérience, elle restait encore décontenancée par l'indifférence de sa mère. Comment avait-elle pu ne pas savoir ce qui se passait ? Ce n'était quand même pas commun ce qui lui était arrivé : sa crise, ses nuits à l'urgence de l'hôpital.

Sa mère avait sans doute perçu le désarroi de Zoé. Elle avait alors ajouté, comme pour s'excuser.

— Je n'étais pas bien quand c'est arrivé. On m'avait laissé des messages, mais j'étais trop fatiguée pour les écouter. Je suis très malade, tu le sais.

Bien sûr, elle le savait très bien. Elle avait appris depuis longtemps que la dépression chronique comme celle de sa mère rendait les personnes égoïstes malgré elle. Tout tournait autour de leur petite personne. La médication amplifiait le phénomène, car elle les détachait de leurs émotions. Quand sa mère avait une émotion, elle la simulait la plupart du temps.

— Laisse tomber, maman.

En fait, Zoé n'était pas venue prendre des nouvelles de sa mère. Quand elle avait aménagé dans une petite chambre près de son CÉGEP, elle avait enfin pu respirer un peu. À la maison, c'était devenu invivable. Elle était la mère de sa mère ou son aide-soignante ou en tout cas tout autre chose que la petite fille à sa maman. Elle n'en pouvait plus.

— Je fais du bénévolat dans un CHSLD.

— Ah bon ? Toi, tu fais du bénévolat ?

Elle ne releva pas la critique sous-jacente à la question de sa mère, car son ton de voix signifiait tout autre chose : « Tu t'occupes des autres et pas de moi ». Elle ne voulait pas lui donner les raisons pour lesquelles elle devait y aller. Cela aurait engendré des discussions sans fin sur son comportement, sur sa façon de s'habiller, sur ses fréquentations et quoi d'autre. Elle était venue pour autre chose. Elle voulait en savoir plus sur le passé de son père.

— J'ai rencontré ma grand-mère, dit Zoé sans aucun préambule.

Sa mère prit un certain temps à réagir, d'abord par un « Ah oui ! » indifférent. Puis son visage s'assombrit en comprenant l'énormité de cette affirmation.

— Qu'est-ce que tu dis ?

— J'ai rencontré ma grand-mère, maman. Ma grand-mère qui devait être morte depuis des lustres. La mère de papa. Peux-tu m'expliquer ça ?

Sa mère était maintenant totalement décontenancée, ne sachant quoi répondre. Elle continua.

— Je ne peux pas croire que vous ne le saviez pas.

— Bien sûr que nous le savions.

— Alors, pourquoi m'avoir caché qu'elle était encore vivante ?

— Tu l'as rencontré où ? Couchée près d'une bouche d'aération ?

Cette affirmation était très dure et ne ressemblait pas à la manière de parler de sa mère. Elle préférait le larmoiement à l'amertume. Comme Zoé ne disait rien, elle continua.

— Ton père et elle ne s'entendaient pas du tout et depuis longtemps. Moi, je la connaissais à peine. Je l'ai rencontrée une ou deux fois avant que nous nous mettions ensemble, ton père et moi. Mais après cela, je ne l'ai plus revue. Elle n'est jamais venue à la maison et n'a jamais su que tu existais.

— Hé bien, je vais te surprendre, mais elle savait que j'existais. Elle savait aussi que papa était décédé. Elle était au cimetière.

— Comment est-ce possible ?

— Je ne sais pas, mais elle était là. Je me rappelle l'avoir vue.

Comme sa mère ne disait rien, Zoé continua.

— Pourquoi papa avait-il coupé les ponts avec elle ?

— Ce n'était pas une femme bonne. Elle était mauvaise. C'était un alcoolique.

— Et en quoi cela faisait-il d'elle une mauvaise mère ?

— Écoute Zoé, le peu que j'en sais, c'est Eliott qui me l'a appris. Elle ne faisait pas partie de ma vie ni de la tienne.

— Tu peux toujours me dire le peu que tu sais.

— Ton père vivait déjà seul depuis longtemps lorsque je l'ai rencontré. Eliott, mon bel Eliott, comme j'étais amoureuse de lui.

Et lui de moi. Pourtant, ce n'était pas les prétendantes qui manquaient, je peux te l'assurer. Tu sais, Zoé, je n'ai pas toujours été malade comme aujourd'hui. À cette époque, j'étais plutôt séduisante, j'avais de l'entrain et je…

Zoé entendait sa mère repartir sur son sujet préféré : elle-même. Cela l'exaspéra. Elle interrompit sa lancée en lui disant.

— Maman, je te parle de grand-mère, là.

— Oui, bien sûr. Donc, Eliott disait qu'elle était devenue insupportable et même ingérable. C'est le mot qu'il disait : ingérable. Elle l'avait élevé seule. Et sans amour, selon lui. Elle se contentait de faire ce qu'il fallait pour qu'il ne manque de rien. Mais du plus loin qu'il se souvînt, elle ne lui avait jamais montré de signes particuliers d'affection. Il avait à boire et à manger, un toit sur la tête. Nourri, logé, blanchi comme on dit. Elle l'avait un temps aidé dans ses devoirs et ses leçons. Par contre, il ne souvenait pas des fois où elle jouait avec lui. Elle faisait rarement des sorties au parc. Jamais elle ne l'accompagnait à ses entraînements de foot et encore moins à ses tournois. Eliott avait dû se débrouiller seul. Heureusement que c'était un garçon très fort, « résilient » comme on dirait aujourd'hui. Ton père, tu sais, c'était un sacré bonhomme, remarquable à tous égards.

— Je le sais ça, maman. Je le sais, dit Zoé avec beaucoup de tristesse dans la voix.

Après un assez long silence, elle demanda.

— Comment ça s'est passé entre eux pour qu'il ne veuille plus la voir ?

— Je n'ai pas de détails là-dessus. Ton père détestait aborder le sujet de sa mère. Je sais cependant que ce ne fut pas une rupture brutale, mais progressive. Sa mère prenait de plus en plus d'alcool. Elle arrivait souvent saoule à son travail. Elle devenait de plus en plus imprévisible. Il est même arrivé (cela il me l'a raconté une fois) qu'elle le réveille en pleine nuit et qu'elle se rende jusqu'au Cap-Diamant pour lui faire admirer les étoiles. Selon Eliott, elle connaissait très bien les différentes constellations. Elle lui racontait alors des choses incohérentes : c'était là que se trouvait la réponse, là-haut dans le ciel étoilé, que la Voie lactée devait le guider, qu'il avait un grand destin, des choses comme ça, tu vois.

— Et alors, que s'est-il passé ?

— Le reste, je n'en sais pas plus. Eliott est parti de chez lui alors qu'elle venait de perdre son emploi d'infirmière. Il a fallu quitter le logement où ils habitaient parce qu'elle ne pouvait plus payer le loyer. Eliott était jeune, mais travailleur. Il a trouvé des petits boulots tout en étudiant. Jamais sa mère n'aurait voulu dépendre de lui. J'ai toujours pensé qu'elle était devenue une clocharde en pratiquant son sport préféré : boire de la piquette.

— Et son père, mon grand-père ?

— Oh ça, personne n'a jamais su qui il était, sauf elle évidemment. Mais elle n'en a jamais parlé à Eliott. Tu disais que tu l'avais revue.

— Oui, pendant mon bénévolat au CHSLD. C'est l'une des personnes que je visite. Elle est mourante.

— Ah !

Voilà la seule réaction que cette nouvelle suscita chez sa mère : « Ah ! »

Il est vrai que pour sa mère, c'était une inconnue, qui plus est fort peu fréquentable, comme le disait elle-même Madame Andréa. Il ne fallait pas s'attendre à ce qu'elle pleure sa mort prochaine. Zoé par contre était plus sensible à la situation de sa grand-mère. Peut-être parce qu'elle n'avait aucun préjugé à son égard. Peut-être aussi pour autre chose de plus profond. Elle voulait mieux la connaître pour mieux comprendre son père. Et son père, c'était ses racines, des racines qui avaient été coupées trop tôt.

Zoé était revenue de la rencontre avec sa mère avec plus de questions que de réponses sur son père. Elle s'apprêtait à interroger de nouveau Andréa, mais ce matin-là le destin a plutôt voulu que ce fût au tour de Zoé de lui faire des confidences.

Madame Andréa avait mis une vieille robe de chambre offerte sans doute par le CHSLD. Elle n'avait rien apporté de sa vie antérieure, sauf sa statuette. Elle était assise comme d'habitude dans son fauteuil roulant devant la fenêtre.

Comme d'habitude, Zoé s'approcha en lui disant avec le sourire : « bonjour grand-mère ». Madame Andréa lui répondit.

— Bonjour ma petite Zoé. Regarde comme il fait beau ce matin.

— Oui c'est vrai. Une belle journée d'été. Vous avez l'air en forme ?

— Oh ! Tu sais, il y a plus souvent de bas que de hauts. Mais aujourd'hui, c'est un beau jour.

— Aimeriez-vous que l'on sorte un peu ? Nous irions dans le parc derrière.

— Je ne dirais pas non.

Zoé s'empressa de faire les préparatifs, trop heureuse d'avoir pu faire bouger Andréa de sa fenêtre. Lorsqu'elles s'engagèrent dans le couloir et qu'elles roulèrent vers la porte de sortie, la plupart se retournèrent vers elles. Pour certains, c'était la première fois qu'ils voyaient Madame Andréa sortir de sa chambre. De nombreux patients et employés la saluèrent, mais Andréa ne répondit pas.

En arrivant au niveau de la porte ouverte de l'adjointe à la direction, Zoé s'arrêta : « Bonjour, Marie ». Marie leva la tête de ses dossiers : « Bonjour, Zoé, bonjour Madame Andréa ».

Évidemment, elle n'eut droit à aucune réponse de cette dernière. Marie lança un regard significatif à Zoé qui voulait dire : « Eh bien, tu es en train de réussir ton pari ».

Quand, Zoé et Andréa se furent installées confortablement dans le petit parc jouxtant l'immeuble, elles prirent quelques minutes pour respirer l'air doux et écouter le son des oiseaux se mêlant à celui des automobiles. Le visage d'Andréa était détendu. Elle ne souffrait pas. Avec un peu d'imagination, Zoé se rendit compte de ce qu'avait pu être la grâce de cette femme. Ça oui, elle avait dû être très belle. Pour une fois, c'est Andréa qui engagea la conversation.

— Te me fais parler depuis qu'on se connaît. J'aimerais en apprendre un peu plus sur toi.

— Oh, il n'y a pas grand-chose à dire, vous savez.

— T'es mieux d'en profiter pendant que ça passe. Tu sais qu'avec moi, ça peut ne pas revenir.

Les deux éclateraient d'un petit rire complice.

Zoé avait longtemps hésité avant de retourner au Lac-Beauport. C'était la première fois qu'elle y revenait depuis son accident. Elle y avait passé le plus clair de ses étés entre quatorze et dix-sept ans. L'hiver, elle préférait bien sûr les pentes les plus abruptes, les plus difficiles : le Mont Saint-Anne ou Stoneham. Au niveau où elle en était en *snowboard*, des *sponsors* s'étaient pointés pour lui permettre de glisser sur des montagnes mythiques pour le *freestyle* en Amérique du Nord : Whistler, Breckenridge ou encore la Mecque en la matière, Mammoth Mountain en Californie. Elle rêvait évidemment des grandes pentes européennes : les deux Alpes, Livignio, Schladming, Sälen. Mais elle n'en était pas encore là. Elle devait travailler bien plus fort si elle voulait se classer pour les prochains Jeux olympiques d'hiver.

Le *snowboard freestyle* était vraiment un sport spectaculaire. Zoé avait tout essayé : la *Halfpipe* avec sa structure en demi-cercle où l'on devait faire diverses figures imposées ou libres ; le *Hip* si difficile à cause de la configuration du tremplin ; la barre de *Slide*, une structure métallique en forme de rampe d'escalier sur laquelle il fallait glisser. Elle avait donc tout essayé avant de se fixer sur le *Big Air* qui permet des sauts spectaculaires et complexes à partir d'un tremplin de neige géant. Le *Big Air* était devenu une discipline olympique à Pyongyang.

Le Lac-Beauport, une banlieue de Québec, avait une réputation qui dépassait les frontières du Canada. C'est là que s'étaient entraînés les frères Laroche. Ce sont eux qui, grâce à leur acharnement et à leur motivation, amenèrent le ski acrobatique aux Jeux olympiques. Médaillés d'or, d'argent, de bronze, ou à tout le moins toujours dans les vingt premiers, partout.

Les frères s'étaient fait remarquer pour leur performance et la fougue qu'ils partageaient avec leurs amis. C'est avec eux que le *Quebec Air Force* avait pris naissance ; un nom qui leur fut attribué un peu naturellement puisque l'équipe de Québec montait régulièrement les marches du podium. La piste d'entraînement d'été sur laquelle s'exerçait Zoé prenait d'ailleurs le nom de l'un des frères Laroche.

La piste avait d'abord été construite pour le ski acrobatique. Mais depuis plusieurs années, elle permettait aussi aux athlètes de *snowboard*, appelés ici « planche à neige », de s'adonner à des entraînements de haut niveau en vue des compétitions internationales. Zoé avait été l'une des premières à s'y entraîner avec sa planche à neige. Une grande rampe en bois (en fait, plusieurs de différents calibres) était recouverte d'un matériau composite que l'on enduisait de savon. Le *rider* habillé d'un *wetsuit* y prenait de la vitesse, exécutait ses *tricks*, des sauts complexes et spectaculaires, puis aboutissait dans l'étang. Leurs performances étaient souvent époustouflantes.

Ce jour-là, il y avait des entraînements. Zoé s'approcha du bord de l'eau et chercha le meilleur point de vue pour regarder sauter les athlètes. La poitrine lui serrait quand elle les voyait faire leurs *tricks*. Elle se rappelait comment elle réussissait particulièrement bien celui-ci et sa difficulté avec celui-là. Elle se souvenait encore avec autant de vivacité de ce moment à Mammoth Mountains où elle était allée s'entraîner avec son équipe. Son entraîneur, un ancien champion olympique était beaucoup trop prudent à son goût. Il manquait d'audace et ne lui permettait pas de faire les *tricks* les plus difficiles et les plus dangereux. Elle n'était pas prête, disait-il. Ce n'est pas ce qu'elle pensait.

Pendant qu'elle observait l'évolution des *riders* faisant leurs *tricks* sur la piste du Lac-Beauport, elle fut envahie par le souvenir des événements qui avaient eu lieu là-bas, en Californie. Ce jour-là, elle avait convaincu son entraîneur qu'elle pouvait faire le *Backside triple Cork*, un enchaînement de mouvements en tire-bouchon sur deux axes qui, si l'on n'y prenait pas garde, nous faisait perdre toute notion d'espace. Elle s'était entraînée à ce *trick* pendant l'été et elle parvenait à le réussir. L'entraîneur l'avait prévenue que c'était une chose de sauter au Lac-Beauport l'été et de tomber dans l'eau, mais autre chose de le faire sur cette rampe monstrueuse et d'atterrir sur de la neige tapée. Elle avait insisté, lui présentant sur place la série de mouvements dans une espèce de ballet parfaitement rodé. Elle affirmait qu'elle était prête mentalement, qu'elle n'avait jamais été en meilleure forme. Elle voulait le faire et était certaine de réussir.

Installée dans l'aire de départ, l'adrénaline monta en elle, le trac aussi. Ces émotions, elle les connaissait bien et les contrôlait parfaitement. Elle entendit la cloche sonnée, se recula d'un geste brusque en se tenant aux rampes et s'élança. Ah ! La sensation de toute-puissance en descendant à une vitesse qui pouvait frôler les 80 Kms/heure. Elle vit arriver la rampe qui montait tellement qu'elle n'en apercevait pas le sommet. Elle s'élança vers le haut à une vitesse vertigineuse, s'apprêtant à prendre son envol comme un aigle.

Ce qui s'était passé à ce moment précis, elle ne le comprenait toujours pas. Arrivée en haut dans les airs, pendant une fraction de seconde, une toute petite fraction de seconde, elle avait pensé à son père : « Regarde comme tu serais fière de moi, papa ». Ce moment fugace et imperceptible avait été suffisant pour lui faire perdre sa concentration. Elle se sentit partir dans tous les sens. Rien ne se passait plus comme prévu. Elle chercha tant bien que mal à se rattraper, mais c'était trop tard. Elle tomba lourdement sur la piste et perdit connaissance. Une semaine plus tard, lorsqu'elle sortit du coma artificiel dans lequel les médecins l'avaient plongée, on lui avait appris qu'elle n'était pas assurée de remarcher un jour. Même si cela arrivait, il était impensable de refaire des sports de glisse, quels qu'ils soient. C'était fini. Son rêve venait de se briser net sur la piste de Mammoth Mountain.

Perdue dans ses réflexions moroses, Zoé avait sursauté au cri derrière elle. On l'appelait. Elle se retourna et vit arriver Jessy, son co-équipier d'entraînement de l'époque. Il avait toujours belle allure, plus grand que la moyenne, avec des cheveux châtains qui lui retombaient sur les épaules, des yeux gris et un minois fin aux traits plutôt féminins. Jessy avait été son meilleur copain à l'époque, mais elle ne l'avait plus revu depuis son accident. Pourquoi ? La honte ! Elle ne voulait revoir personne qui avait assisté à sa déchéance, personne pour lui rappeler qu'elle n'avait pas été à la hauteur.

— Allo Zoé ! Lui lança-t-il tout joyeux de la revoir.

Il s'approcha d'elle et l'embrassa en la serrant fort dans ses bras. Elle se laissa faire sans enthousiasme.

— J'ai essayé de t'appeler tant de fois depuis… Depuis tout ce temps.

— J'ai été très occupée.

— Au point de ne plus répondre à tes amis ? Lui dit Jessy avec un air de reproche.

Jessy avait toujours été là pour elle à l'époque. Comme ils ne s'entraînaient pas dans la même catégorie, lui un garçon et elle une fille, il n'y avait pas de rivalité entre eux. Ils étaient toutefois très compétitifs et se stimulaient mutuellement, se congratulant avec enthousiasme pour leur bon coup et se consolant dans la défaite.

Bref, Jessy était un bon compagnon que Zoé aimait bien. Pourtant, elle n'avait jamais voulu le revoir depuis son accident.

— Tu viens prendre le lunch ? J'ai faim et j'ai terminé mon entraînement.

Zoé hésita avant d'accepter. Ils entrèrent dans la cafétéria de l'immeuble en bois moderne avec un plafond cathédrale. Des fenêtres immenses faisaient face aux pistes désertes pendant l'été. Ils prirent un plateau, se suivirent en choisissant les plats et s'aperçurent qu'ils prenaient la même chose, comme avant. Ils devaient faire un régime draconien pour être à leur maximum de leur forme en dosant le poids et la qualité de la nourriture. Zoé n'avait pas perdu cette habitude. Ils allèrent s'asseoir au bout d'une grande table près des fenêtres panoramiques. La cafétéria était presque vide en cette période de l'année. Ils regardèrent dehors au même moment.

— Tu t'ennuies de ça, Zoé ?

— Pas vraiment, dit Zoé en mentant.

Jessy la regarda longuement. Ils se connaissaient depuis longtemps. Ils avaient suivi le même cursus scolaire et le même entraînement. Il l'avait toujours trouvée belle et surtout il aimait sa vivacité d'esprit, sa bonne humeur, sa joie de vivre communicative. Lui, c'était un garçon timide pour qui le sport avait été une manière d'exutoire. Chaque fois qu'ils se voyaient, elle le rendait de bonne humeur. Elle était un brin excentrique, toujours prête à toutes les audaces. Fonceuses. Bagarreuse même. Une boule d'énergie.

Or, la Zoé qu'il regardait maintenant était fort différente : triste, souriant à peine, le dos légèrement voûté, parfois agitée de tremblement. Zoé avait déjà commencé à changer à la mort de son père. Elle avait gardé son côté bagarreur, mais n'était plus aussi gaie ni si enthousiaste. Depuis l'accident, elle n'était plus que l'ombre d'elle-même. Jessy le réalisait bien maintenant et il en était infiniment peiné.

— Comment tu vas, Zoé ?

— Ça va.

— Zoé, c'est moi Jessy, ton ami.

Vraisemblablement, Zoé ne voulait pas s'avancer sur ce terrain. Elle regarda dehors sans rien dire. Ses yeux devinrent humides. Elle faisait beaucoup d'effort pour ne pas pleurer. Jessy approcha sa main de la sienne qui était étendue sur la table et la couvrit avec tendresse. Elle le regarda dans les yeux comme si elle le découvrait pour la première fois, puis retira doucement sa main.

Zoé entendit Andréa lui dire.

— Jessy ? C'est comme ça qu'il s'appelle ?

— Oui, pourquoi ?

— Jessy ! C'est un beau nom ça, dit Andréa avec un sourire malicieux.

Zoé regarda Andréa en secouant la tête avec un air de dire : « non, non, tu ne m'auras pas à ce petit jeu-là ». Elle se leva, reprit en main le fauteuil roulant et elles entrèrent dans l'immeuble par où elles étaient venues.

Chapitre 6 : Les amours d'Andréa

Aujourd'hui, ce n'était pas un bon jour pour Andréa. La pluie tombait, légère mais constante. Andréa tenait encore la statuette de corail à la main. Zoé s'assied auprès d'elle en la regardant. Elle la voyait de profil, mais c'était suffisant pour sentir sa tristesse. Elle était encore perdue dans ses souvenirs. Il y avait tant de douleur dans ce visage ! Zoé attendit qu'Andréa prenne la parole.

***

La veuve Landry fumait une pipe de plâtre assise dehors sur sa chaise berçante. Il faisait une journée magnifique. Le soleil était au rendez-vous et le vent était tombé, enfin. Elle regardait l'horizon, la plage toute proche, les vagues. À quoi pensait-elle ? Cette femme, cette vieille gribiche comme on l'appelait, revoyait sans doute les moments heureux avec son Maurice, qu'elle avait tant aimé. Il avait été son seul et unique amour. Elle ressassait sans doute ses regrets de ne pas avoir eu d'enfants, elle qui en voulait tant. Avec des enfants, elle n'aurait pas fini sa vie seule. Au seuil de la mort, elle ne trouvait aucune joie à son existence.

Elle aperçut sa nièce sur la plage qui se dirigea vers la maison. La vieille esquissa un tout petit sourire en retirant la pipe de la bouche. Andréa s'approcha de la véranda. Sa robe d'été était si jolie. Elle était pieds nus, tenant ses souliers dans les mains. Ses cheveux blonds glissaient dans l'air au gré de ses mouvements ondulants. Elle portait des verres fumés, ce qui était normal avec ce soleil éclatant.

— Bonjour, tante Jeanne.

— Alors ma Pitchounette. T'es venue voir ta vieille tante. Viens m'embrasser, là.

Andréa monta les quelques marches et s'avança pour embrasser sa tante restée assise sur la chaise berçante. Elle puait le tabac bon marché. Avant de s'asseoir sur le rebord de la galerie. Elle vit, appuyé sur le mur près de la porte d'entrée, le grand balai dont sa tante se servait pour dépoussiérer le seuil. Elle lui dit en riant.

— Tu fais toujours peur aux enfants avec ton balai ?

— Ils ne demandent que ça, les p'tits sacripants, dit-elle à son tour en souriant.

Andréa aimait beaucoup sa tante. Elle venait la voir régulièrement, bien plus d'ailleurs que ses propres parents qu'elle ne visitait pratiquement jamais. Elle avait beaucoup de rancœur à leur égard. Elle ne leur pardonnait pas leur « trahison » — c'est ainsi qu'elle appelait la décision qu'ils avaient prise de la marier à Miller. Ils en étaient tristes, mais la connaissant, ils savaient qu'ils ne pouvaient rien y faire. Andréa était butée. Elle avait toujours été comme cela. Plus que tout, elle ne supportait pas que l'on ait pris une telle décision à sa place. Ils lui avaient coupé les ailes alors qu'elle commençait à peine à s'envoler, libre, vers le large. Non, elle ne leur pardonnait pas.

— Je suis contente que tu sois là, ma pitchounette. C'est t'y seulement pour moi que t'es venue ? dit la veuve Landry avec un sourire en coin.

— C'est bien certain, ma tante. Pour qui d'autre à part toi ?

— Voyons ma belle, tu sais bien qui j'héberge sous mon toit.

— Qui ça donc ? dit Andréa en feignant l'ignorance.

— Fais pas l'innocente. Je te connais comme si je t'avais tricoté.

— Je ne sais pas de qui tu parles, dit Andréa en souriant cette fois.

— Il est quand même pas mal, le Français. C'est tout un homme ça. Si j'avais trente ans de moins, tu sais…

— Voyons ma tante, t'étais bien trop amoureuse de ton Maurice pour même regarder d'autres hommes.

— C'est bien vrai. Mon Maurice… J'y pense encore tous les jours, surtout quand je regarde la mer comme aujourd'hui.

Le silence se prolongea un certain temps. La veuve Landry reprit sa pipe, la ralluma et jeta quelques bouffées.

130

— Il n'est pas là ? dit enfin Andréa en hésitant.

— Non, je l'attends.

— C'est un bon pensionnaire, Pierre ?

— Tu l'appelles Pierre maintenant ! dit-elle en riant franchement cette fois, puis elle reprit. Ça oui, il paie d'avance. Il est propre de sa personne. Il fait son ménage et parfois le mien. Il n'est pas capricieux et mange n'importe quoi.

— Ça, ce n'est pas difficile. Tu es une vraie cordon-bleu, tante Jeanne.

— C'est vrai que je fais bien à manger. C'est plus intéressant d'en faire quand on sait qu'on n'est pas seule à en profiter.

Andréa voulut vraisemblablement en savoir plus, mais n'osa pas le demander. Elle regarda sa tante à travers ses lunettes fumées. Celle-ci la faisait languir, c'était évident. Andréa ne voulut pas se lancer, mais finit par s'échapper en demandant.

— Quel genre de personne est-ce ?

— Ton Pierre ? Ah, tu sais, il n'est pas bavard. En fait, il est fermé comme un bourgot hors de l'eau. Il desserre rarement les dents. Très poli, prévenant à mon égard. Il m'appelle toujours « madame Landry ». Jamais un mot plus haut que l'autre. En fait, il est tout à fait charmant.

La veuve regarda sa nièce avec un petit air complice et ajouta après avoir tiré quelques bouffées.

— Tout à fait charmant… Un homme, un vrai.

Andréa se tourna vers la mer et enleva ses lunettes afin de mieux voir l'horizon. Quand elle se retourna vers sa tante, celle-ci aperçut son œil tuméfié. Le visage de la vieille vira au vert.

— Ah le salaud ! Le salaud !

Andréa la regarda avec des yeux mouillés. Elle ne savait que dire. Sa vie se déglinguait petit à petit depuis qu'elle était mariée à ce monstre. Elle était prise dans un filet dont elle ne pouvait pas sortir. Tout le monde l'avait laissé tomber, ses parents, le village, tout le monde, sauf tante Jeanne. Elle se souvenait des protestations de sa tante auprès de sa sœur et de son beau-frère. Elle leur disait qu'ils étaient en train de sacrifier leur fille, qu'elle ne serait jamais heureuse, eux qui l'aimaient tant. Elle les avait littéralement suppliés de ne pas faire cela. Mais eux se sentaient pris à la gorge. Andréa le comprenait mieux maintenant : eux aussi étaient des victimes du monstre.

Tante Jeanne était la seule qui l'avait défendu. Elle avait même fait un esclandre lors de son mariage, ce qui lui avait valu d'être ostracisée aujourd'hui. On la traitait de femme acariâtre, de vieille gribiche, de femme insupportable. Pourtant, Jeanne était la plus douce des femmes, la plus attentionnée qu'Andréa ait connu. Aujourd'hui, elle payait le prix fort de son courage.

Lors d'une cérémonie de mariage, il y a toujours un moment où le curé demande si quelqu'un a des objections à l'union en cours. Jeanne s'était alors levée d'un bond et avait dit : « moi ». Il y eut alors une clameur dans l'église. Tout le monde était stupéfait de son audace. Certains, la petite minorité, enviaient son geste qu'eux-mêmes auraient voulu poser. Pour les autres, seulement la peur dominait. Lorsque Miller entendit la voix, il se retourna lentement, embrassa l'église du regard et fixa avec furie Jeanne qui tremblait de tous ses membres. Le curé ne savait plus quoi faire. C'était la première fois de toute sa carrière que quelqu'un s'opposait ainsi. Il s'apprêtait à dire quelque chose, lorsque Miller s'était tourné vers lui sans tenir compte de l'émoi de sa future épouse et lui avait dit. : « Continuez ». Le curé avait baissé la tête et repris son discours comme s'il ne s'était rien passé. Jeanne était alors sortie du banc, avait couru vers l'arrière de l'église et claqué la lourde porte en sortant. Le bruit s'était répercuté longtemps en écho.

Andréa et Jeanne bavardaient encore lorsque Pierre se pointa à l'improviste. Il avait son barda à la main, revenant certainement d'une autre tournée en mer. Il était sale, sentait le poisson et semblait fourbu. Lui-même ne s'attendait pas à voir Andréa apparaître.

— Salut le Français, dit la veuve qui l'avait vu le premier.

— Bonjour Pierre.

Pierre parut surpris et plutôt embarrassé. Il ne se présentait pas sous son meilleur jour et détestait cela. Ignorant la veuve Landry, il dit à Andréa.

— Bonjour, Andréa, ça fait longtemps ?

— Oui, c'est vrai. La dernière fois, je crois, c'était lorsque je faisais mes courses. Vous vous souvenez.

— Bien sûr, nous avons failli nous heurter avec nos caddies. D'ailleurs, n'est-ce pas cette fois-là que tu avais demandé de se tutoyer.

Andréa se souvenait avec bonheur de cette rencontre fortuite. Ils avaient parlé de tout et de rien, de la température, de la pêche qui était bonne cette année, de la beauté du paysage « boréal ». Pierre se demandait pourquoi il y avait si peu de fruits et de légumes. Andréa lui avait expliqué que l'on attendait encore le bateau d'approvisionnement. La conversation avait duré suffisamment longtemps pour soulever la suspicion des clientes autour d'eux. D'abord, on ne voyait jamais un homme seul faire ses courses. Ensuite, ces deux-là paraissaient coupés du monde tellement ils étaient absorbés par leur conversation banale.

Quand Pierre lui rappela cette promesse de tutoiement, le visage d'Andréa rosit. Elle lui dit.

— Oui c'est vrai. Et toi, ça va ?

Pierre était toujours en bas des marches et tint la rampe branlante afin de monter les marches.

— Oui, ça va. Pardonne ma tenue, je suis dégueulasse... et je pus.

— Oh tu sais, les odeurs de poisson, je connais.

— Oui, je n'en doute pas.

En disant cela, il leva la tête vers le beau visage d'Andréa. Il aperçut immédiatement la cocarde à l'œil. Rien ne sortit de sa bouche, mais ses mâchoires se serrèrent pour former un bloc solide. Ses yeux changèrent de couleur et de forme. Les deux femmes n'avaient sûrement jamais vu des yeux semblables. Ils passèrent d'un marron doux qui faisait son charme au noir dur comme du marbre du Lac-Saint-Jean. Andréa avait oublié de remettre ses lunettes fumées lorsque Pierre apparut, ce qu'elle s'empressa maintenant de faire. Mais c'était trop tard. Il avait vu l'œil tuméfié.

Plutôt que de dire quoi que ce soit, Pierre commença à monter en serrant tellement la rampe que son poing en devint blanc. La rampe tremblait de haut en bas, sur le point de céder sous la force de cet homme d'ordinaire si placide. Il regarda la rampe et dit à la veuve :

— Je vais la réparer tout à l'heure, madame Landry.

Il continua à monter les marches, toujours aussi en colère, et s'approcha doucement d'Andréa, le poing fermé tressautant le long de son corps.

— Je vais… je vais…

Andréa lui saisit le poing qui se détendit immédiatement. Elle s'entendit émettre un son : « Chut ! Chut ! »

***

Zoé découvrit dès lors une autre femme, plus humaine et si touchante. Elle prit conscience que cette histoire tellement loin de sa réalité résonnait pourtant en elle. Jusqu'à ce jour, elle s'était peu attachée à d'autres qu'à elle-même. C'était dans l'ordre des choses à dix-neuf ans. Maintenant, avec sa grand-mère, tout un monde s'ouvrit à elle, méconnu, complexe, ni tout blanc ni tout noir. Elle regarda Andréa et lui demanda.

— Qu'est-ce qui s'est passé par la suite ?

— Oh ensuite, la vie a repris son cours.

Andréa pensive secoua la tête comme pour chasser des souvenirs douloureux.

— Quelques mois après, mon mari Miller est mort dans un accident.

— Comment ça, un accident ?

— Un accident de pêche. Il a fait un faux mouvement et s'est laissé entraîner par le fond. Il n'a jamais refait surface. Il a fallu enterrer un cercueil vide.

Zoé ne savait plus quoi dire. Elle avait envie de lui lancer : « vous avez dû être soulagée ». Mais instinctivement sa sensibilité lui dicta de ne pas dire une telle chose. Après tout, qu'est-ce que Zoé pouvait connaître de la vie entre un homme et une femme, elle qui n'en avait jamais eu de véritable ? Qu'est-ce qui pouvait bien rattacher Miller à Andréa pour qu'elle lui reste ainsi fidèle malgré son malheur ?

Ni tout blanc, ni tout noir.

— Ensuite… les choses ont changé, dit Andréa en fermant les yeux.

— Vous pensez encore à Pierre ? demanda Zoé en montrant la statuette.

Andréa fit un hochement de tête.

— Dites grand-mère, quand vous a-t-il donné ce cadeau ?

***

Les funérailles avaient été vite expédiées. On ne peut pas dire que la mort de Miller avait attristé le village. L'événement fut même perçu comme un soulagement. Tout le monde vint souhaiter leurs condoléances à ses deux frères et à sa sœur tout en se demandant lequel prendrait la relève de *Miller Fishery*. Jusqu'à maintenant, ils avaient été discrets. Tous s'étaient expatriés du village pour faire leur vie ailleurs, à Montréal et même au *States* pour la sœur. Garderont-ils l'entreprise familiale ou la vendront-ils ? Pire encore, sera-t-elle démantelée et vendue en petits morceaux. Que deviendrait-on alors ? L'inquiétude était palpable au village, la population inquiète. Quand Miller était en vie, on l'avait beaucoup détesté, mais au moins l'entreprise fonctionnait à plein régime. Maintenant, c'était l'incertitude.

Le temps était chaud. Le mois de juillet est toujours ainsi au village. Le vent, malfaisant la plupart du temps, était plutôt bénéfique l'été. Il rendait la chaleur acceptable. Andréa portait la robe noire d'usage, une voilette noire lui couvrant le visage. On ne pouvait pas voir son expression. Était-elle triste ? Pleurait-elle ou souriait-elle ? Personne ne pouvait le savoir, elle resta fière et stoïque tout au long de la cérémonie. Même quand le cercueil fut mis en terre, elle resta de marbre. Pas de tressautement d'épaules, pas de mouchoir sous la voilette. Rien. Plusieurs la prirent en pitié, sans doute les mêmes qui avaient eu pitié d'elle lors de son mariage il y a deux ans. On vint la saluer avec des mots convenus : « Il est parti trop tôt » ; « Nous le regretterons ». L'expression la plus décalée fut sans doute : « Il était aimé de tout le monde ». Miller ? Aimé de tout le monde ? C'était un oxymore !

Seul Phil, l'ami d'enfance d'Andréa, venu expressément de Québec où il étudiait dorénavant à l'Université Laval, sembla ému de la situation. Il lui entoura la main des deux siennes et lui parla tout bas. Andréa sembla apprécier le geste, pour autant qu'on puisse le deviner sous son voile. Phil était rouge comme un homard. La chaleur sans doute..

La veuve Landry se tenait auprès d'elle. Pendant tout le temps des funérailles, elle garda cet air sinistre qui semblait lancer le message : « Allez tous vous faire foutre ». Son visage s'éclairait seulement lorsqu'elle regardait Andréa en lui tenant la main. Parfois, elle lui murmurait quelque chose à l'oreille et Andréa hochait la tête.

Le seul moment où l'on sentit Andréa réagir pendant les condoléances fut lorsque Pierre, le Français, s'approcha d'elle. Oh ! Peu de chose. Il fallait être très attentif pour s'en rendre compte. Un léger tressaillement de la robe, un petit mouvement de la tête. Bien peu de choses en somme. Le Français avait d'abord salué la veuve Landry qui lui avait répondu par un regard tendre, ce qui était d'une extrême rareté chez elle. Puis, il alla vers Andréa et lui serra tout doucement la main, la fixa comme s'il voyait à travers sa voilette. Il ne dit rien, pas un mot de condoléances, pas une parole de réconfort. Rien.

Plusieurs mois plus tard, Pierre vint frapper à sa porte. La neige tombait en gros flocons. Ils s'étaient croisés de temps en temps cet automne en faisant leurs courses ou en se promenant en ville. Pierre prenait toujours le temps de la saluer, de lui demander comment elle allait. La conversation avait toujours été brève et banale.

Andréa avait gardé la maison par testament. Miller ne lui avait pas laissé grand-chose à part une rente dont elle pouvait disposer à sa guise et qui lui permettrait de vivre à l'aise. Elle avait touché une assurance-vie qui lui laissait tout juste ce qu'il fallait pour enterrer son mari décemment. Il avait été radin jusque dans l'au-delà. Elle n'avait reçu aucune part dans l'entreprise. Miller lui avait déjà dit : « Tu ne connais rien aux affaires », ce avec quoi elle avait été bien d'accord avec lui pour une rare fois.

Andréa s'accommodait très bien de sa nouvelle situation. Ce n'était pas une femme avec des goûts de luxe. Par contre, la liberté que représentait le départ de Miller lui était infiniment précieuse. Elle en savourait chaque instant. Elle s'était remise à prendre un ou deux petits verres de gin de temps en temps sans se cacher. Elle avait décidé de repeindre les pièces de couleurs plus vives, plus gaies. Elle avait changé les meubles de place et acheté de nouvelles décorations. Elle n'avait pas encore osé se débarrasser des bateaux dans les bouteilles de verre. Elle en était venue à tant les détester, ces babioles qui prenaient plus d'importance qu'elle aux yeux de Miller. Elle savait toutefois que leurs jours étaient comptés. Quand ce moment arriverait, elle ne les vendrait pas même si ces foutus cossins valaient un bon prix. Elle les briserait en mille morceaux et les ferait disparaître en les jetant à la mer.

Quand Andréa vit Pierre par la fenêtre de la porte, son cœur s'emballa. C'était une sensation qu'elle ressentait chaque fois qu'elle le voyait, une sensation qu'elle n'avait jamais éprouvée pour personne d'autre. Il y a longtemps qu'elle vivait cette agitation. En fait, dès la première rencontre avec Pierre, son corps avait vibré comme une corde de violoncelle. Il lui fallut du temps pour comprendre qu'elle éprouvait un je-ne-sais-quoi de particulier pour lui. Chaque fois que ses pensées allaient vagabonder du côté du beau Français, elle tentait de réprimer ses émotions. Elle était mariée. Cela ne se faisait pas.

Andréa avait été élevée dans des principes catholiques rigoureux qu'elle avait intégrés comme siens. Un mariage, c'était pour la vie, même le sien. Elle n'était pas heureuse, mais là n'était pas la question. De toute façon, la vie était faite de sacrifices. S'il y avait quelqu'un en mesure de le comprendre, c'était bien la fille d'un marin. Autant s'y habituer. Andréa se voulait dévouée à son mari. Elle gardait espoir de le changer, de l'amadouer, de le rendre plus humain. Elle s'était donné comme mission de se faire aimer de lui à défaut de l'aimer elle-même. C'était sa destinée de toute façon. Que pouvait-elle bien faire d'autre ?

Elle ouvrit la porte à Pierre, le fit entrer et le laissa se débarrasser de son manteau et de ses bottes.

— Bonjour, Andréa, dit Pierre de sa si musicale voix de baryton.

— Bonjour Pierre. Ça me fait plaisir de te voir.

— Je venais prendre de tes nouvelles et te remettre ceci.

Il lui rendit une petite boîte ficelée de façon sommaire. Andréa reconnut le genre de contenant que le magasin général vend pour faire des paquets cadeaux. Elle invita Pierre à s'asseoir au salon et lui offrit un verre. Il accepta un cognac, elle se versa un gin-tonic. Quand ils se furent assis confortablement, Andréa se mit en frais de déballer le cadeau. Elle en sortit cet objet qu'elle reconnut d'abord comme une branche de corail. Beaucoup de pêcheurs en remontaient régulièrement de leur filet de boëte. En règle générale, ils les rejetaient à la mer, à l'exception des plus gros morceaux ou des plus jolis. Cette branche de corail avait été ouvrée au couteau pour lui donner la forme d'un homme debout avec un bras étendu en l'air comme s'il s'étirait pour attraper une pomme à un arbre. La sculpture n'était pas très réussie, mais elle restait suffisamment représentative pour en reconnaître le tableau.

— C'est magnifique ! Magnifique !

— Oh ce n'est rien, dit Pierre en fixant Andréa l'air de dire :
« je suis content que cela te plaise ».

— C'est toi qui l'as sculptée.

— Oui, c'est moi qui ai commis la chose. J'avais déjà sculpté des pièces de bois, mais c'est la première fois que je travaille le corail. C'est moins facile que c'en a l'air.

Andréa reposa la sculpture sur la table en gardant les yeux rivés sur elle. Pendant ce temps, Pierre l'observa attentivement. Il admira son beau visage et la trouva encore plus belle qu'au début, lors de leur première rencontre. Qu'y avait-il en elle de si attirant, à part sa beauté bien sûr ? Il ne parvenait pas à le définir. Son attitude peut-être ? Il y avait tant de majesté doublée de tant de simplicité. Il reconnaissait qu'elle était hors de l'ordinaire, très différente de toutes celles qu'il avait connues. Ce qui le charmait était ce côté secret qui se cachait derrière son affabilité et son sourire. On aurait dit qu'elle gardait dans un coffret au fond d'elle des bijoux précieux. Il se doutait qu'elle ne les offrait à voir que très rarement. Pierre était intrigué et séduit. Il l'avait aimé dès le premier jour.

— Alors, qu'est-ce que tu deviens ? dit-il enfin après un long silence.

— Oh ! Tu sais, la routine a repris son cours.

Un autre long silence fut finalement brisé par une réflexion inattendue de Pierre

— Cet homme n'était pas pour toi.

— Je sais, je le sais très bien.

— Alors, pourquoi être restée avec lui ?

— D'où tu viens, Pierre, je ne sais pas comment ça se passait. Mais ici, dans ce village du bout du monde, il y a des choses qui ne se font pas et l'une de celles-là, c'est de quitter son mari.

— Mais il ne te faisait pas de bien. Il ne prenait pas soin de toi, il te….

— J'ai cru qu'il pourrait changer.

— C'est impossible. J'ai bien connu des gars comme lui. Je t'assure que je n'en ai vu aucun changer. Ils deviennent même pires avec le temps.

Pierre regarda Andréa dans les yeux avant de lui dire.

— Et il leur arrive d'être dangereux pour celles qui sont proches d'eux.

Andréa leva les sourcils avec surprise. Elle n'avait jamais songé à cela. Il ne lui était pas venu à l'esprit que Miller fut si en colère qu'il aurait pu lui faire du mal ou même la tuer. Contrairement à ce que l'on croyait à l'extérieur, Andréa n'était pas une femme soumise. Elle n'avait pas peur de lui. Et elle savait se défendre aussi. Il ne l'avait pas battu souvent, mais lorsqu'il levait la main sur elle, elle voyait rouge et se défendait du mieux qu'elle pouvait. Surtout, elle lui faisait payer cher ces moments de violence, pendant des semaines parfois.

— Je sais me défendre. Je suis plus forte que j'en ai l'air, dit Andréa en levant le poing en l'air.

— Je n'en doute pas, Andréa, dit Pierre avec un sourire.

— De toute façon, c'est du passé tout ça.

Pierre hésita longuement avant de lui demander.

— J'aimerais t'inviter à dîner au restaurant ce week-end.

Andréa était on ne peut plus heureuse de l'invitation, mais elle hésita à accepter.

— Le village est un tout petit monde. Aller au restaurant accompagnée par toi, ça fera jaser dans les chaumières.

— Et alors ?

— Tu sais ce qu'on va dire : l'herbe n'a pas encore eu le temps de pousser sur la tombe de son mari qu'elle l'a déjà remplacé. Quelle idée vont-ils se fourrer dans la tête ?

— Et alors ? Qu'est-ce que nous faisons de mal ? Tu es libre, non ? Et puis qu'est-ce que tu leur dois, à ces péquenauds qui n'ont jamais levé le petit doigt pour toi ?

— C'est vrai après tout. Qu'est-ce que je leur dois ? ... Bon c'est d'accord. Nous irons *Chez Pierrette*. C'est là où l'on mange les meilleurs fruits de mer... C'est d'accord.

— À samedi, alors ? dit Pierre en se levant de son fauteuil.

— À samedi.

Pierre remit ses bottes et enfila son manteau. Il se rapprocha d'Andréa en lui disant.

— On se fait la bise comme dans mon pays ?

Pierre l'embrassa sur les joues alternativement trois fois. Andréa était ravie de cette coutume et éclata d'un rire joyeux. Pierre semblait aux oiseaux.

— Je viendrai te chercher à 19 h 30, dit Pierre qui avait toujours gardé les habitudes de repas à la française.

— Tu ferais mieux de réserver alors.

Andréa referma la porte. Elle entendit son cœur battre à tout rompre. Il monta en elle un sentiment de paix et de joie profonde. Il y avait si longtemps.

***

En janvier 1976, Andréa accepta que Pierre vienne habiter chez elle. La période la plus heureuse de sa vie allait débuter. Pierre avait quitté la bicoque de la veuve Landry presque à regret. Il aimait bien cette vieille femme revêche. Elle n'avait pas hésité toutefois à le mettre à la porte. « Tu as fait ton temps chez moi. Ouste ! Du balai », lui avait-elle dit en brandissant son outil de prédilection pour chasser les intrus. Ils s'étaient regardés en souriant et elle lui avait dit en l'embrassant : « Prends bien soin d'elle. Elle le mérite ». Et elle avait ajouté en levant de nouveau son balai : « Si jamais ce n'est pas le cas, tu auras affaire à moi ».

Andréa qui n'avait connu que Miller découvrit l'amour des corps avec Pierre. Il était si tendre, tellement à l'écoute aussi. Elle en avait été plutôt surprise au début. C'était donc cela faire l'amour ? Elle s'y était habituée rapidement cependant, apprenant à se donner à son tour, goûtant des délices inconnus jusqu'alors. Il lui faisait découvrir des dimensions de son être qui était restées en jachère. Et elle en redemandait. C'était toujours un arrachement lorsqu'ils devaient se quitter. Elle trouvait surtout les nuits insupportables lorsque Pierre partait loin au large et ne revenait que le lendemain. Des rêves la réveillaient en sueur, de ces sortes de rêve qu'elle n'avait jamais eus avec Miller.

Elle adorait ces moments intimes avec lui. Toutefois, ce qu'elle aimait le plus était d'un autre ordre. Comment le dire ? Elle peinait à identifier ses sentiments. Avec Miller, elle se sentait en cage, prisonnière, constamment à l'affût, comme un chat sauvage prêt à combattre, comme un carcajou acculé à un tronc d'arbre. Ses griffes n'étaient jamais loin de sortir. Même quand Miller n'était pas là, elle se sentait captive.

Avec Pierre, elle était libre comme le vent bien qu'ils soient toujours proches. Elle se sentait comme un cormoran, libre de voler où bon lui semblait, même si elle ne le faisait jamais et qu'elle ne voulait pas le faire. Ils étaient si proches et pourtant ils ne se gênaient jamais. Elle avait déjà entendu cette histoire des deux porcs-épics qui veulent se rapprocher pour se réchauffer, mais ne le peuvent pas parce qu'ils se blesseraient à mort. Les choses n'étaient pas ainsi avec Pierre. Il n'était jamais nécessaire de s'affirmer ou de s'expliquer avec lui. La vie coulait doucement, harmonieusement. S'il y avait des compromis à faire, ils se faisaient naturellement, parce qu'elle l'aimait et qu'il l'aimait et que tous les deux voulaient le bien de l'autre avant le sien propre.

Et cela la rendait libre.

Andréa se sentait en sécurité avec ce bel homme fort. Il lui disait souvent. « Je veux prendre soin de toi pour toujours ». Pierre appréhendait sa vulnérabilité. Tout le monde porte en lui une faille, une fêlure, un interstice qu'il cache parce qu'il ne veut pas que l'autre le trouve, s'y insinue et le blesse. Andréa avait compris depuis longtemps où était son angle mort. Elle l'avait saisi clairement lorsque, toute jeune encore, en regardant les étoiles, elle avait contemplé les ténèbres plutôt que la lumière.

Dans un ciel nocturne, on s'attarde d'abord à ce qui nous frappe : les lueurs des planètes, des étoiles, des galaxies. On ne pense pas aux ténèbres, on ne les voit pas. Lorsque Andréa s'attardait à penser au vide que représentaient ces ténèbres, il montait en elle une sorte d'angoisse irraisonnée qu'elle avait peine à refréner. Elle se rassurait en se répétant que des personnes l'aimaient et surtout que celles-ci seraient toujours là pour elle. Ces personnes-là la protégeaient et ne l'abandonneraient pas. Elle serait toujours en sécurité avec elles.

Voilà donc cette faille si effrayante. Non pas la crainte de la solitude. Cela, elle était capable de s'en accommoder. Mais de se sentir abandonnée lui était insupportable. Et Dieu sait qu'elle en avait souffert depuis tant d'années, jusqu'au point de perdre confiance aux autres et même en elle, jusqu'au point de tenter d'oublier avec ses petits gins de plus en plus nombreux.

Puis, elle avait rencontré Pierre. Pourquoi cet inconnu dont elle ne savait rien exerçait-il une telle attraction sur elle ? Elle était Vénus attirée par le Soleil. Pourtant, lui aussi portait au fond de lui-même une faille. Elle le savait d'instinct. Il était si secret, si peu loquace sur sa vie passée. Or Andréa n'était pas ce genre de femme dont la curiosité vire à l'indécence. Elle le respectait pour ce qu'il était, pour ce qu'elle connaissait de lui aujourd'hui, pour ce qu'il promettait. Mais sa vie d'autrefois ne l'intéressait pas.

Pierre trouvait qu'Andréa, avec ses différents panoramas époustouflants et sauvages, ressemblait à ce pays. Ils aimaient aller marcher tous les deux, souvent main dans la main, le long du rivage et des plages de sable. Ils préféraient les falaises de grès dur formant l'assise des collines alentour. Elles n'étaient pas très élevées. Rien n'était très élevé ici, contrairement à ce qu'il avait connu naguère. Ils aimaient se tenir au sommet et se pencher sur l'à-pic. Parfois, tout près de la paroi, ils contemplaient l'horizon sans mot dire, attendant d'apercevoir quelques macareux moines, un oiseau qui ressemble vaguement à un perroquet et dont le bec possède des couleurs si peu nordiques. Ils espéraient toujours observer le souffle des rorquals à bosse.

Quand ils faisaient une promenade dans les terres, il leur arrivait de croiser des belettes se lavant dans la rivière ou encore, s'ils étaient chanceux, un beau renard roux les fixant de loin. Pierre ne s'habituait pas encore au paysage de toundra, avec ces conifères nains, rabougris et tordus croissant dans des conditions extrêmes de vents et de froid.

Andréa connaissait la flore du coin comme pas une. Elle avait tant sillonné les sentiers étant jeune. Ils se penchaient pour admirer l'astragale, ces petites fleurs blanches endémiques à la région ainsi que les saxifrages et les fétuques qui ressemblent au blé. Pierre avait reconnu la gentiane qui poussait également dans les montagnes de son pays, lesquelles n'avaient rien à voir certes avec ces collines.

En mai, ils étaient venus voir rouler le capelan. Pierre avait été fasciné par le phénomène. Lors de certaines marées montantes, ce petit poisson d'une vingtaine de centimètres envahit la côte en pleine période de fraie. Il vient déposer ses œufs sur la plage. Dans la région, on dit alors que le capelan « roule ». Ils sont des millions à se tortiller dans les vagues, les femelles évacuant leurs œufs de cette façon.

Le phénomène se produisait souvent la nuit tombée. Les habitants allumaient un feu, fournissant éclairage et chaleur au petit groupe de pêcheurs qui s'agrandissait peu à peu, les nuits de mai étant encore fraîches. Un seau dans une main, un filet dans l'autre, ils attendaient. Certains marchaient jusqu'à l'eau, armés de lampes de poche. Puis, la lune amorçait sa montée droit devant. « Ça ne devrait plus tarder », disait l'un des pêcheurs. Du coup, un autre lançait un cri : « Ça roule ! » Après quelques secondes d'hésitation collective, le groupe s'élançait vers la mer. Des centaines de capelans coloraient maintenant l'eau et sautillaient dans le sable, illuminant la rive. « Regarde par là, et là... Il y en a partout ! » Les nouveaux initiés s'émerveillaient, comme Pierre. La scène était unique. Les pêcheurs empoignaient leurs filets et remplissaient facilement les seaux. Enfin, les seaux bien remplis, les riverains commençaient à retourner au feu ou à rentrer. « Il va rouler une partie de la nuit ».

C'était surtout le silence qui dominait les longues périodes d'intimité. Ils aimaient lire tous les deux, écouter de la musique, faire de longues promenades. Elle avait appris qu'il était bon cuisinier. Il lui fit découvrir des petits plats de son pays : brouillade d'œufs, piperade, morue apprêtée aux tomates et aux poivrons, crabe farci. Quand il avait le temps, il cuisinait un Axoa, sorte de mijoté de veau tout à fait savoureux.

Pierre avait très rarement évoqué son pays. Andréa avait appris qu'il venait du sud de la France, qu'il était né près de la mer. C'était la raison pour laquelle il avait déjà acquis une si bonne expérience de pêche lorsqu'il était arrivé ici. Il avait décrit en termes imagés les très hautes montagnes de l'arrière-pays. C'était à peu près tout. Rien sur sa vie antérieure, ni même s'il avait de la famille. De toute façon, Andréa ne s'intéressait pas au passé. Elle vivait le moment présent avec cet homme qu'elle apprenait à apprécier tous les jours et à aimer de plus en plus.

Dans le village, on ne prisait guère cette vie commune entre Andréa et un étranger. On sentait de la réprobation qui allait du : « Quand même, elle pourrait respecter son deuil. » à « Ils ne sont même pas mariés » jusqu'au « on ne le connaît pas celui-là ? C'est peut-être un bandit ? ».

Dans un village du bout du monde comme celui-ci, l'apparence comptait plus que la réalité. Qui ne connaissait pas l'histoire du mari qui trompait sa femme ou du gars qui prenait plus que son quota de poissons ? Une telle levait la jambe trop souvent, un tel rapportait toujours une dose de cigarettes à la fumée bizarre de ses séjours en ville. On savait, mais rien ne se rapportait ouvertement. Tout se passait selon un certain ordre. Il y avait des règles dans ce village du bout du monde et la première consistait à respecter les codes tacites : tu peux prendre plus que ton quota de pêche, mais tu ne le dis à personne ; tu peux coucher avec qui tu veux, mais sans que cela se sache ; tu peux voler ton patron, mais tu ne t'en vantes pas ; tu peux vivre en couple, mais tu dois te marier à l'église.

Ils ne s'inquiétaient pas du qu'en-dira-t-on. Ils vivaient leur amour dans une sorte de bulle dans laquelle personne ne pouvait entrer. Andréa avait peu d'amis. Elle visitait régulièrement sa tante Jeanne quand Pierre partait à la pêche. Elle lui parlait évidemment de ses amours, de son bonheur nouveau. La veuve Landry en était si heureuse.

Andréa avait aussi gardé des liens avec Phil, son ami d'enfance, qu'elle avait perdu de vue depuis quelques années. Il correspondait par lettres avec une certaine régularité. Il était maintenant à Québec pour ses études. Il lui donnait de ses nouvelles et lui en demandait en retour. On pouvait lire entre les lignes un je-ne-sais-quoi qui ne relevait pas strictement de l'amitié. Une femme sait sentir ces choses. Andréa se rappelait son passage au village lors des funérailles. D'ailleurs, elle s'était posé la question de sa présence. Après tout, Phil n'avait jamais eu aucune relation avec Miller, ni professionnelle ni encore moins personnelle. Quand il était venu lui offrir ses sympathies, il lui avait murmuré à l'oreille qu'il serait toujours là pour elle, qu'elle n'avait qu'à l'appeler et qu'il accourrait sur le champ.

Phil était venu la voir une fois cet été. Il était en vacances et était retourné au village pour visiter ses parents vieillissants. Il avait frappé à sa porte un jour de pêche. Andréa avait été contente de le voir. Cela faisait trop longtemps. Elle l'embrassa sur les joues, l'invita à s'asseoir. Il refusa le verre qu'elle lui proposa. Elle se servit un gin tonic et ils commencèrent à bavarder de choses et d'autres. Comment trouvait-il la grande ville ? C'était quoi ses projets d'avenir ? Il lui raconta sa découverte de cette ville magnifique qui avait gardé son cachet d'autrefois, de la grande Université Laval, de son campus moderne et de ses milliers d'étudiants. La vie était plus agitée là-bas. Il préparait un diplôme pour devenir journaliste.

Andréa l'écoutait avec intérêt. Le petit Phil, celui qui traînait toujours avec elle accroché à ses basques, était en train de faire son chemin, semblait-il. Elle se souvint des intrépides randonnées sur la plage ou dans la toundra. Il avait bien changé assurément. Ce fut le moment choisi par Phil pour lui dire.

— Tu sais que le village n'est pas très content de votre situation, Andréa.

— Certainement, mais je m'en fiche. Si tu savais comme je m'en fiche.

— Je te comprends. Moi aussi, j'ai eu à subir les cancans de ces hypocrites.

Après un long moment, il ajouta.

— Je ne comprends pas ce que tu fais avec cet homme, Andréa.

Andréa le regarda, surprise de sa réaction. Elle s'attendait qu'il se réjouisse plutôt que de lui faire des reproches.

— Mais je suis heureuse avec lui.

— Es-tu bien certaine ? Tu sais, c'est un étranger. Il est ici maintenant, mais il te quittera un jour. C'est inévitable.

— Pourquoi dis-tu ça ? Tu ne te réjouis pas pour moi.

— Mais comment veux-tu que je me réjouisse de ton malheur ?

Andréa le regarda fixement. Elle connaissait Phil et comprenait évidemment ce qu'il voulait lui dire. Il continua à voix basse.

— Tu sais que je t'aime, Andréa. Je t'aime depuis toujours. Moi, je te serai toujours fidèle.

Bien sûr qu'elle le savait. Elle était au courant des démarches qu'il avait faites pour la fréquenter autrefois. Il n'avait pas assisté à son mariage et il était parti peu de temps après pour la grande ville. Il avait été désespéré de la situation. Au fond d'elle, Andréa le savait. Une froide colère monta lorsqu'elle lui dit.

— Où étais-tu Phil lorsqu'on m'a donné en pâture à ce monstre ? Où étais-tu ? Tu te disais mon ami. Tu me confesses aujourd'hui ton amour éternel. Qu'as-tu fait pour me sortir de ce piège infâme ? Tu as pris les jambes à ton cou.

À mesure qu'elle parlait, Phil baissa la tête. Ce qu'elle disait était entièrement vrai. Entièrement. Son amour pour elle n'avait pas été suffisant. Il avait été lâche. Il avait eu peur d'intervenir. Il aurait pu affronter Miller, même s'il savait qu'il perdrait. Pour l'honneur au moins. Mais de l'honneur, il n'en avait pas. Comment avait-il pu lui faire cela ?

Il se leva péniblement de son siège pour partir. Elle ne le retint pas. Tout juste avant de franchir la porte, Andréa lui dit.

— Ton amitié m'est chère, Phil. J'aimerais qu'on reste amis.

Phil ne dit rien, fit un signe d'assentiment et sortit.

Chapitre 7 : les découvertes de Phil

Lorsqu'elle entra dans le CHSLD ce jour-là, Zoé aperçut dans la salle d'attente un homme d'un certain âge assis dans un fauteuil. De la façon dont il était habillé, ce n'était sûrement pas un bénéficiaire : veste de velours avec pièces de cuir au coude, nœud pap, pantalon jeans, souliers à semelle blanche. Pas très grand, chauve avec une couronne de cheveux gris presque blanc, petites lunettes rondes cornées, barbichette d'intello. Ce n'était pas la première fois qu'elle le voyait ici, mais elle n'y avait pas prêté attention jusqu'à maintenant.

Cette fois-là, l'homme se leva et se dirigea vers elle dans le but évident de se présenter.

— Bonjour, vous êtes Zoé n'est-ce pas ?

— Oui, comment savez-vous mon nom ?

— Oh, ici les gens me connaissent bien. Lorsque j'ai voulu savoir qui était cette belle fille qui allait visiter Andréa...

— Parce que vous connaissez Madame Andréa ?

— Oui, et depuis très longtemps.

L'homme abaissa la tête.

— Pardon, je manque à tous mes devoirs. Je m'appelle Philippe Vigneault. Mais il est possible que vous me connaissiez sous le nom de Phil.

— Oui, bien sûr. Elle m'a parlé de vous. Je vous croyais... pardonnez-moi, mais je vous croyais... mort.

— Eh bien non ! Comme vous le voyez.

— J'ai cru comprendre que vous habitiez Québec depuis très longtemps.

— Oui, en fait depuis que je suis parti du village, ça doit bien faire plus de quarante ans. J'ai fait mon chemin ici, je suis devenu journaliste au Soleil et j'y ai fait toute ma carrière. Je suis maintenant retraité.

— Vous venez souvent voir Madame Andréa.

— Au moins une fois par semaine depuis qu'elle est ici.

— Elle doit sûrement être contente de vous retrouver. Nous étions certains qu'elle n'avait ni parent ni ami.

— C'est-à-dire... Auriez-vous quelques minutes à me consacrer ? Nous pourrions nous asseoir là-bas.

— Bien sûr. J'ai tout mon temps, dit Zoé en pensant à la raison pour laquelle elle était dans cette résidence.

Phil demanda à Zoé si elle voulait un café. Elle accepta. Ni sucre ni lait. Il se dirigea vers la machine à café à pas lent et à la démarche assurée. Elle était intriguée. Comment se fait-il que cet homme ne fût pas dans la chambre de sa grand-mère à ressasser leurs souvenirs communs ?

Phil revint, deux verres de carton à la main, lui en donna un et déposa le sien sur la table basse sans y toucher. Phil commença à parler avec hésitation.

— Je connais Andréa depuis l'enfance, vous le saviez ?

Zoé se contenta de hocher la tête. Il continua.

— Nous étions alors les meilleurs amis du monde. Ses parents étaient voisins des miens et comme nous avions le même âge, nous étions toujours collés ensemble. Nous avons sillonné la grève et les sentiers de la toundra. Nous avons appris les noms de tous les coquillages, de toutes les fleurs. Nous nous cachions parfois pour observer les animaux du coin. Nous nous inventions des histoires de trappeurs, d'aventuriers.

Phil s'arrêta pendant un temps. C'était un vrai conteur capable de captiver son auditoire. Il avait une longue expérience d'organiser son discours. Cela s'entendait. En règle générale, un bon journaliste maîtrise parfaitement son sujet et est capable de le livrer simplement. À l'évidence, Phil était de cette trempe.

— Vous savez, Andréa n'a pas toujours ressemblé à cette personne que vous connaissez maintenant. C'était la plus charmante des femmes... et la plus belle aussi. Déjà, petite fille, elle cherchait toujours à faire plaisir et à aider les autres. Sensible aussi. Elle pouvait pleurer lorsqu'elle trouvait un oiseau mort. Elle aimait tellement la vie, curieuse de tout, animée d'une joie de vivre tranquille et apaisante…

La voix de Phil s'étrangla aux derniers mots.

— Excusez-moi, dit-il en prenant un mouchoir dans sa poche pour s'essuyer les yeux. Les vieilles personnes s'attendrissent avec l'âge.

Il prit le temps de remettre ses lunettes sur son nez et continua.

— J'ai toujours aimé cette femme, toujours… et je l'aime encore…

Zoé écoutait cet homme avec une extrême attention. Son émotion la touchait. Elle en était même remuée sans comprendre pourquoi. Comment s'expliquer en effet un tel attachement pendant une si longue période et depuis si longtemps ? Était-ce vraiment possible ou n'était-ce que le mirage d'un obsédé pour une image inaccessible ? Zoé aurait facilement opté pour la seconde hypothèse si elle se fiait aux dires d'Andréa. À l'évidence, la réciprocité de cet amour n'existait pas. Phil n'était qu'un ami pour Andréa, sans plus. Or dans toute cette histoire, l'apparence était souvent trompeuse. Elle s'en était aperçue depuis qu'elle fréquentait Andréa. Ni tout blanc ni tout noir.

— Je sais ce que vous pensez. Pourquoi ne suis-je pas dans sa chambre actuellement au lieu de bavarder avec vous ? C'est simple, elle ne veut pas me voir.

— Pourquoi donc ?

Phil ne voulut pas répondre à cette question. Pas tout de suite.

— Je savais depuis peu qu'elle était à Québec. Elle travaillait comme infirmière à Saint-François d'Assise, vous savez. En réalité, je l'ai appris par hasard au moment où on l'a licenciée. J'avais lu un fait divers à son sujet dans notre journal. Elle avait été rayée de l'Ordre des infirmières à cause de ses frasques à l'hôpital. Je ne me souviens plus des détails, mais l'alcool était en cause. Ce fut un choc lorsque j'ai lu son nom. Je me suis immédiatement mis à sa recherche. Andréa, mon Andréa si proche à mon cœur. Et depuis tout ce temps, elle était ici et je ne le savais pas. Autrefois, même lorsque j'étais loin, nous correspondions ensemble, nous gardions contact. Mais depuis ma dernière rencontre avec elle au village. Je n'avais plus jamais eu de nouvelles. Je ne savais même pas qu'elle était à Québec. Elle était ici et je ne le savais même pas.

— L'avez-vous revue ?

— Ce n'est pas faute d'avoir essayé. Je l'ai cherchée partout sans résultat. Elle était partie sans laisser d'adresse. Elle avait coupé les ponts avec tout le monde. Je suis même allé interroger les camarades avec qui elle travaillait. Elles n'en savaient pas plus.

Andréa était une femme très secrète qui ne se confiait à personne. Son infirmière-chef était celle qui la connaissait le plus. Et encore : connaître était une hyperbole. Elle disait d'Andréa que ce n'était pas une femme intéressante à fréquenter et les autres le lui rendaient bien. L'infirmière a utilisé une expression à son sujet qui m'est restée : Andréa avait érigé un mur impénétrable autour d'elle. Elle ne faisait confiance à personne, surtout pas à celles qui voulaient l'aider ou seulement entrer en contact avec elle. On ne lui connaissait pas de famille non plus. Aucune ne savait si elle était mariée ou si elle vivait en couple. Elle venait faire son boulot et repartait. Personne n'avait jamais été invité chez elle. Au début, j'ai cru que l'on me parlait d'une autre personne. Ce n'était pas mon Andréa, ça. Non, ce n'était pas celle que je connaissais. C'était impossible.

— Et vous l'avez retrouvée finalement.

— Encore là, le hasard a joué. Je suis venu ici pour interroger une vieille dame qui fêtait ses cent ans. Dans mon journal, nous faisons parfois ce type de reportage. Notre directeur dit que cela nous rend plus humains. Bref, comme je suis curieux de nature, j'ai consulté la liste des bénéficiaires. C'est là que j'ai aperçu son nom. Je me suis empressé d'aller la voir. Ce n'était plus ma Andréa. Elle avait perdu du poids. On devinait à peine dans les traits de son visage jauni par la maladie la belle femme qu'elle avait été autrefois. Je n'en revenais pas.

— Vous avez dû être ébranlé.

— Ce n'est pas le mot. Effondré plutôt. Oh! Ce n'était pas tellement le fait qu'elle ait perdu de sa beauté et de sa lumière qui me choquait. Je pensais plutôt à ces années que je n'ai pas pu passer auprès d'elle. Jamais elle n'aurait été si malheureuse avec moi.

— Qu'en savez-vous? Il y a des personnes dont le destin est d'être malheureuse, dit Zoé en pensant à elle davantage qu'à Andréa.

— Peut-être... peut-être.

— Qu'est-ce qui s'est passé lorsqu'elle vous a rencontré?

— D'abord, elle ne m'a pas reconnu. Elle a commencé par me demander de lui donner un verre de gin.

Zoé éclata de rire. Elle revoyait bien la Madame Andréa du début de leur relation.

— J'ai trouvé ça drôle aussi. Puis, j'ai tenté de lui prendre la main. Elle s'est retirée brusquement en me demandant qui j'étais. Lorsque je lui ai dit mon nom. Elle s'est raidie, m'a regardé avec des yeux de colère et m'a lancé de ficher le camp. Elle criait qu'elle ne voulait plus me voir... qu'elle ne pouvait pas me pardonner ce que j'avais fait !

Un silence tomba alors que les épaules de Phil s'affaissèrent et que sa tête bascula sur sa poitrine. Il commença à se laver les mains avec un savon imaginaire. Phil resta ainsi perdu dans ses pensées pendant un bon moment. Finalement, Zoé décida d'interrompre cet instant de malaise.

— Qu'avait-elle donc à vous pardonner ?

— C'était il y a si longtemps. Vous savez que son mari est mort en mer, je crois... Oui, vous savez certainement. Je vois qu'Andréa vous a parlé de pas mal de choses. Quand son mari est mort, j'étais déjà à Québec pour mes études. Je détestais Miller, comme tout le monde au village. Moi, j'avais une raison supplémentaire de le haïr : il me l'avait volée. Il était venu me la prendre sous mon nez alors que je m'apprêtais à me marier avec elle. Oh oui, je l'ai détesté au point de vouloir le tuer.

— Mais vous ne l'avez pas fait.

— Non, bien sûr. Vous ne me connaissez pas encore, Zoé, mais moi je me connais bien. Je ne suis pas le plus courageux des hommes, vous savez. J'aurais dû me battre pour Andréa, mais je ne l'ai pas fait. J'ai préféré m'enfuir, partir loin de ce village maudit qui semblait se liguer contre nous, contre notre amour. Je n'étais pas de taille à lutter contre tous.

— Vous l'avez revu ensuite ?

— Oui, j'avais gardé contact avec elle. On s'écrivait. Quand j'ai appris la mort de Miller. J'ai fait mes bagages et je suis parti immédiatement pour le village. Je voulais être là pour elle.

— Pour elle ? Vous avez pensé que la chance tournait pour vous. Non ?

— Je voulais être là pour la soutenir. Je ne savais pas comment elle réagirait à sa mort. Vous savez, Andréa était... est une femme avec des principes. Elle a été élevée comme cela. Même si elle n'était pas heureuse avec Miller, même s'il éteignait la lumière en elle, jamais elle n'aurait accepté de se séparer et encore moins de divorcer. Elle aimait tant sa liberté, et en même temps, elle restait fidèle à ses principes. Cela faisait partie de son charme et aussi de sa faiblesse. C'est cette femme-là que j'aime, malgré ses contradictions, peut-être même à cause d'elles.

Zoé regardait cet homme qui avait passé sa vie à attendre une femme qui ne lui appartiendrait jamais. Elle se demandait ce qui pouvait pousser quelqu'un à une telle fidélité en sachant qu'il ne serait pas récompensé en retour. Elle pensa soudain au dernier vers de l'*Hymne à la nuit* : « Est-il de vérité plus douce que l'espérance ».

Le café de Phil était froid maintenant. Il n'y avait pas touché. Zoé avait vidé son verre. Elle attendait qu'il continue.

— Vous ne m'avez pas répondu. Pourquoi Madame Andréa ne voulait-elle pas vous pardonner ?

— Vous voulez un autre café, dit Phil en éludant la question.

– Non merci.

— L'une des dernières fois où je suis allé au village, c'était pour revoir mes parents qui étaient tous les deux malades. J'avais évidemment une idée derrière la tête. Je voulais reprendre contact avec Andréa. Elle était seule maintenant. Je voulais renouer avec elle, reprendre là où nous nous étions quittés avant son mariage avec Miller. J'étais heureux. Enfin, j'allais lui déclarer mon amour, ce que je n'avais jamais osé faire auparavant : moi, trop timide, et elle hors d'atteinte. J'étais devenu plus sûr de moi. J'allais bientôt gagner honorablement ma vie, et ne passerait pas mes journées et mes nuits sur ces foutus bateaux de pêche pour un salaire de misère. Je pouvais lui offrir plus que cela... C'était sans compter sur ce maudit village avec ses commérages immondes. En descendant du bateau, mes bons amis se sont fait un plaisir de m'annoncer qu'Andréa sortait dorénavant avec le Français. Non seulement s'affichait-elle avec lui, mais il avait emménagé chez elle ? Ils étaient ensemble maintenant. Et ils n'étaient même pas mariés, vous vous rendez compte. « Pas de chance, Phil », m'a lancé l'un de mes anciens camarades. Pas de chance. Il ne savait pas ce qu'il disait, le cave.

— Qu'avez-vous fait ?

Phil leva la tête et regarda Zoé. Il sembla hésiter à continuer.

— Vous n'avez peut-être pas à savoir tout ça, Zoé. Ces histoires ne vous concernent pas après tout. Vous êtes jeune, vous avez votre vie à vivre. Et tout cela, c'est du passé. Ce sont des histoires de vieux.

— Ça m'intéresse beaucoup au contraire, dit Zoé en pensant à l'importance que commençait à prendre sa grand-mère dans sa vie au moment même où elle allait la perdre.

— Andréa nageait en plein bonheur avec lui. J'étais incapable d'accepter de me voir une nouvelle fois évincé. Comment Andréa pouvait-elle me faire cela ? Elle le savait pourtant comment je l'aimais. Je n'en pouvais plus. Alors je suis allé chez elle cet été-là pour lui dire qu'elle se mettait en danger avec un tel homme. Et surtout, surtout, pour la première fois, je lui ai avoué mon amour. Pour une fois, je n'ai pas eu peur. Pour une fois, je n'ai pas été lâche. Le voulais qu'elle sache que j'avais changé, que je n'étais plus le petit froussard d'autrefois, que je m'étais pris en main, que j'étais prêt à l'accueillir auprès de moi. Quel naïf j'étais ! Oui quel naïf !

— Pourquoi dites-vous cela ?

— J'ai bien vu qu'elle était heureuse avec cet homme. Je l'ai bien senti. Et j'en fus désespéré. Je ne pouvais pas y croire. De plus, elle m'a fait l'affront de me demander si je voulais bien rester son ami. Son ami ! Elle n'avait rien compris. Rien.

— Ou peut-être avait-elle tout compris, au contraire.

Phil regarda Zoé avec un air de chien battu.

— Mais je l'aimais et elle m'aimait. Je le savais au fond de moi. Je l'avais toujours su. Elle ne l'avait pas encore réalisé, tout simplement. Alors… alors j'ai pris les moyens pour qu'elle le réalise.

— Qu'avez-vous donc fait ?

— Andréa devait sortir de son rêve éveillé avec cet homme. Elle devait comprendre qu'il n'était pas pour elle. Il allait la quitter tôt ou tard et elle serait encore plus malheureuse. Il n'était pas celui qu'il disait être. Elle devait connaître la vérité. Alors, j'ai pris les moyens…

Phil s'arrêta de parler. Il avait la bouche sèche. Zoé s'en rendit compte et elle lui dit qu'elle allait lui chercher un verre d'eau. Elle commença à prendre conscience de ce que ce petit homme frêle et intelligent pouvait être capable de faire. Pas avec ses poings, certes. Il était l'inverse d'une brute comme Miller. Mais de tels êtres peuvent faire bien pire quand ils sont acculés, justement parce qu'ils sont faibles et se sentent impuissants. Elle se rappelait comment sa mère était capable de la faire souffrir. Oh, pas de coups de gueule ni règles trop rigides à respecter. Seulement quelques piques et petites remarques incisives. Parfois, Zoé aurait préféré qu'elle lève le ton plutôt que d'utiliser ces moyens insidieux qui allait la chercher là où ça faisait mal.

Elle revint s'asseoir avec une bouteille d'eau. Phil la décapsula et en prit une longue gorgée. Pendant ce temps, Zoé le regarda, intriguée. Pourquoi cet homme sentait-il le besoin de déballer sa vie à une inconnue ? Elle n'aurait jamais fait cela, elle. Trop pudique ou trop fermée sur elle-même ? Elle n'était pas capable encore de répondre à cette question maintenant. Évidemment, cet homme semblait aussi seul qu'Andréa. Zoé était persuadée qu'il n'avait ni femme ni enfants. Il avait vécu tout ce temps avec une seule idée en tête : retrouver l'objet de son unique amour. Il y avait quelque chose de maladif dans cette attitude. Et comme tout obsessif, il avait besoin de raconter l'histoire de son obsession. Qui de mieux qu'une jeune femme inconnue qui avait réussi à toucher sa belle Andréa, ce que lui n'avait jamais été capable de faire.

— Ça va, monsieur Phil ?

— Oui, oui. Ça va. Un simple coup de pompe. Ça va aller.

Zoé resta là devant lui, à le regarder, se demandant s'il allait continuer à parler ou partir sans se retourner. Il semblait troublé.

— Comme je savais que l'amant d'Andréa était français, j'ai commencé par faire des recherches dans nos archives. Ces investigations étaient plus difficiles alors que maintenant, avec l'internet et les réseaux sociaux. J'avais bien quelques contacts parmi les policiers, mais ils n'étaient pas suffisamment bien placés pour que je leur demande une telle faveur. J'ai donc entrepris de feuilleter les journaux français de l'époque. Je connaissais l'année précise où le Français était arrivé au village. J'en ai déduit qu'il avait quitté son pays la même année pour venir directement ici. Ce n'était peut-être pas exact, mais c'était la seule piste que j'avais.

Cela m'a pris pas mal de temps, je commençais à désespérer jusqu'à ce que je tombe sur une photo. Un homme en veston cravate sortait de son entreprise, vraisemblablement harcelé pas les journalistes. Il se cachait une partie du visage. Je l'ai immédiatement reconnu. Le français avait une particularité qui était connue de tout le village : l'un de ses sourcils était barré en diagonal par quelques poils blancs. C'était bien lui. « Je te tiens », me suis-je dit. Il fallait en savoir plus, car l'article du journal était beaucoup trop sommaire.

J'avais vu sur la photo que l'entreprise d'où le Français sortait était située à Saint-Jean-de-Luz, une petite ville du sud de la France. J'ai décidé d'y aller. Il y a certains avantages à être journaliste dans un grand journal comme le mien. On profite parfois d'occasions que d'autres n'ont pas. Nous avons régulièrement des propositions de la part de nombreux pays pour aller faire des reportages toutes dépenses payées. Nous savons tous que c'est une forme de publicité déguisée, mais nous nous y plions de bonne grâce. Certes, on nous laisse libres d'écrire ce que nous voulons, mais les commanditaires savent pertinemment que nos reportages seront positifs. Bref, j'avais découvert une demande de la part de la France pour visiter le Pays basque français. Je me suis porté volontaire.

Zoé trouvait ce récit passionnant. Elle avait ses raisons plus que la simple curiosité. Phil avait retrouvé les traces de son grand-père. Zoé avait fait des calculs à partir de l'âge de son père. Eliott ne pouvait pas être le fils de Miller. C'était impossible. Il n'y avait qu'une conclusion possible : il était le fils de Pierre.

Phil continua son récit.

— J'ai pris l'avion et je suis descendu à Paris, une ville magnifique que je n'ai pas pris assez de temps pour visiter. Je n'étais pas là pour ça. J'ai pris le train jusqu'à Biarritz, loué une automobile pour faire une tournée de la région. C'était mon objectif officiel. J'ai visité Bayonne pour son jambon et Espelette pour son piment. Je suis allé jusqu'à Saint-Jean-Pied-de-Port, une ville mythique sur le chemin de Saint-Jacques-de-Compostelle. J'ai pris des notes bien sûr, mais le cœur n'y était pas. J'ai terminé mon périple à Saint-Jean-de-Luz. J'ai réussi à interroger plusieurs personnes au sujet du Français. Il avait été une figure de proue de la région. Et il avait laissé des souvenirs amers.

Son nom n'était pas Pierre Ségal, mais Peio Loyola.

Zoé était fascinée par cette découverte. Il lui restait encore tant de choses à connaître sur son passé, un passé qui lui avait échappé presque complètement jusqu'à maintenant. Elle commençait à ressentir ce besoin vital de retrouver ses racines. Cela lui avait manqué, elle le comprenait maintenant. Pourquoi se sentait-elle si seule ? Elle n'avait pas réussi à se l'expliquer jusqu'à maintenant. Peut-être que les réponses allaient venir ?

— Avez-vous raconté cette histoire à Madame Andréa ?

— J'avais rapporté des extraits de journaux et des photos. J'avais même retranscrit plusieurs témoignages de gens qui l'avaient connu. Je voulais lui donner des preuves. Je voulais qu'elle me croie. Je lui ai tout raconté… pour mon malheur !

— Comment ça ? Pourquoi aurait-elle été contrariée de connaître la vérité sur Pierre, sur Peio ?

— Parce que… parce que… Je ne l'avais pas compris jusqu'alors… Elle ne voulait pas connaître la vérité sur lui. Elle voulait vivre le moment présent et ne rien devoir au passé.

— Ce n'est pas suffisant, il me semble, pour qu'elle vous rejette ainsi.

— C'est qu'il n'y avait pas que cela. J'avais découvert au sujet du Français des choses pas très catholiques. Il n'était pas dans les bonnes grâces des gens du coin, c'était le moins que l'on puisse dire. On lui en voulait pour ce qui s'était passé, pour ce qu'il avait fait et surtout ne pas fait. Comme je le pensais, il n'était pas celui qu'elle croyait... Et je l'ai dit à Andréa.

— Comment a-t-elle réagi ?

— Je me souviendrai toujours de ce moment. Il est resté gravé là. Nous étions en hiver. J'étais revenu voir mes parents. J'avais en main le dossier complet, résultat de mes recherches, pour le remettre à Andréa. Je suis allé la voir pendant que le Français était absent. Je lui ai tout révélé, dans tous les détails. Elle en a été choquée, bien sûr. J'ai été un moment persuadé qu'elle se détournerait de lui et qu'elle me remercierait de lui avoir révélé la vérité. Ce n'était qu'une question de temps avant qu'elle ne me tombe dans les bras.

— Ce n'est pas ce qui s'est passé ?

— Tout le contraire. Elle m'a giflé si fort que j'en ai perdu mes lunettes. Je n'en croyais pas mes yeux. Son Français était un imposteur et elle se vengeait sur le messager. J'ai essayé de m'expliquer, mais elle m'a foutu à la porte en m'insultant. Elle m'a crié qu'elle ne voulait plus jamais me revoir... et qu'elle ne me pardonnerait jamais.

Phil était maintenant effondré dans le fauteuil. Zoé le trouva tellement triste et désemparé. En même temps, elle ne le comprenait pas. Pourquoi avait-il fait cela ? Pensait-il vraiment récupérer sa bien-aimée de cette façon ? En fait, Phil était tellement jaloux qu'il a utilisé les seuls moyens qu'il connaissait pour détruire son adversaire. Il ne pensait pas à elle en faisant cela. Il pensait plutôt à lui. C'était en réalité un égoïste. Zoé comprenait la réaction d'Andréa. Elle avait vu clair dans son jeu.

Phil ajouta.

— Allez-vous dire à Andréa que je suis là, que je l'attends ?

— Je lui dirai.

— Je vous remercie. Vous êtes une jeune fille charmante. Au fait, vous semblez avoir établi un lien particulier avec elle. C'est du moins ce que les gens ici m'ont dit à votre sujet. Vous avez pu entrer en contact avec elle plus que tous les autres bénévoles avant vous. Comment avez-vous fait ?

— Oui en effet, j'ai un lien particulier avec elle. C'est ma grand-mère.

Chapitre 8 : Le passé de Pierre

Zoé vint s'asseoir près d'Andréa comme d'habitude. Celle-ci semblait dans ses bons jours. Zoé ne savait pas trop comment aborder sa rencontre avec Phil. Elle choisit d'y aller directement.

— Je viens de rencontrer l'un de vos vieux amis : Phil.

Le visage d'Andréa s'assombrit d'un coup. Elle ne dit rien.

— Vous vous êtes connu jeune, n'est-ce pas ?

— Oui, je l'ai connu autrefois.

— Il est ici dans la résidence. Il attend que vous le receviez. Vous le saviez ?

— Oui, je suis au courant.

Zoé s'interrompit. Elle voyait bien qu'Andréa se refermait. Elle ne le voulait pas. Elle attendit jusqu'à ce qu'Andréa prît l'initiative.

— Phil a été l'artisan de mon malheur. Tu le savais ?

— Non. Pourquoi dites-vous cela ?

— Il a découvert des choses sur Pierre que je n'aurais jamais voulu connaître… et ça m'a tuée.

***

La voiture sport filait à vive allure sur la route qui borde la côte basque, la *Euskal Kostaldea* comme l'appelaient les natifs du lieu. La route se prêtait bien à faire de la vitesse. Elle n'était ni trop escarpée ni trop sinueuse, contrairement à sa jumelle du côté espagnol où les falaises plongeaient directement dans la mer.

L'homme qui conduisait, très élégant dans sa veste bleue, portait des lunettes fumées lui donnant l'air d'un pilote d'avion. À côté de lui, une jolie blonde aux cheveux longs et bouclés regardait le paysage. Elle aussi portait des lunettes fumées démesurément grandes pour son nez tout court. Sur le siège arrière, on pouvait voir un sac de sport d'où sortaient des vêtements blancs typiques des joueurs de pelote basque.

En arrivant près de Saint-Jean-de-Luz, il dut ralentir à regret, débrayant quelquefois jusqu'à ce que le bolide se conforme à la vitesse réglementaire. On pouvait apercevoir sur le bord de la route une grande pancarte sur laquelle une photo dominait.

Élections 1973

Pierre Loyola

Votre député

Peio Loyola

Zure disputatu

La blonde se tourna vers lui en disant :

— Je trouve que la photo ne te rend pas justice.

Peio sourit sans dire un mot. Il continua son chemin, entra à Saint-Jean-de-Luz, traversa le pont de la Nivelle, monta la colline et finalement arrêta l'auto devant une superbe villa. Elle avait été construite dans les années folles par la fille d'un entrepreneur ayant fait fortune en Amérique, un *Amerikanuak* comme se nommaient eux-mêmes les Basques expatriés.

Peio avait fait rénover à grands frais ce pavillon laissé à l'abandon. Lorsqu'il sortit de voiture, il s'arrêta un moment pour contempler son œuvre. C'était un magnifique exemple d'Art déco des années trente. L'immeuble avait été construit en béton, sans doute l'une des dernières villas de luxe à utiliser ce matériau de façon aussi systématique. L'arrière paraissait trop épuré avec ses lignes droites formant des rectangles verticaux et horizontaux, sa porte d'entrée très haute et ses deux œils-de-bœuf oblongs, seules fantaisies de l'ensemble. Le devant toutefois était magistral avec son jeu de cubes s'emboîtant les uns dans les autres et se terminant en façade par une rotonde ouverte maintenue par quatre piliers. Le tout, peint en un beige crème, le faisait ressembler à un gâteau de noces dont on aurait retiré les fioritures grotesques et superflues.

Certes, Peio était fier de son acquisition. Cette villa était l'exemple même de sa réussite, ce que personne ne doutait dans la région ! Il y avait bien quelques envieux qui chuchotaient en catimini : « il vit au-dessus de ses moyens » ; « ça ne pourra pas durer » ; « il va se casser la gueule et il l'aura mérité ». Tous des jaloux ! En attendant, il s'apprêta à entrer dans l'une des villas les plus luxueuses du pays, avec à son bras sa dernière conquête, laquelle lui coûtait également la peau des dents. Sa blonde amie en voulait toujours plus : séjour à l'hôtel du Palais à Biarritz pendant des semaines, repas dans les restaurants les plus prestigieux (et les plus chers), montée à Paris pour l'achat de vêtements de luxe et de bijoux sur la Place Vendôme. Peio lui passait encore tous ses caprices. Mais il était sur le point de mettre fin à cette relation coûteuse qui ne le comblait pas de toute façon.

Jusqu'à maintenant, aucune de ses relations ne l'avait comblé. Il avait toujours l'impression d'être seul malgré la foule d'intrigants qui l'entouraient. Même lorsqu'il allait danser dans la dernière discothèque en vogue ou quand il recevait chez lui pour de partis interminables et bien arrosés, rien ne le comblait autrement que momentanément. Il rêvait d'accomplir de grandes choses. Il voulait faire briller son nom pour les générations futures.

Peio était un bel homme, plus grand que la moyenne, musclé, une tête plaisante aussi avec des cheveux bruns et les yeux marrons. Aîné d'une famille de quatre enfants, il avait toujours eu le syndrome du premier-né. Dès son plus jeune âge, il s'était senti responsable envers son frère et ses sœurs. Il savait d'instinct qu'il lui fallait montrer l'exemple. Il aidait sa mère dans les corvées domestiques, son père dans l'entretien de l'appartement. À cette époque, on s'entassait dans un cinq pièces au centre de la ville. Au tout début, la famille peinait avec le salaire de marin de son père. Sa mère devait faire des ménages pour boucler les fins de mois.

Il se rappelait encore avec amertume ce temps où malgré les efforts et le travail, les revenus restaient insuffisants. Ce n'était pas la disette bien sûr. Il y en avait de bien pires, même autour d'eux dans la ville. Mais il n'avait jamais compris pourquoi le niveau de vie ne reflétait pas le mérite. Ce n'était pas juste. Il s'était alors juré que cela ne lui arriverait pas. Lui, il mériterait son salaire ; lui, il serait juste. Il ne manquerait de rien non plus. Jamais plus il n'accepterait d'être privé comme ce fut le cas dans son enfance. Il ferait ce qu'il fallait pour cela.

Peio gardait quand même de bons souvenirs de cette époque. Par exemple, il aimait quand son père l'emmenait à la pêche en haute mer, il y a de cela bien longtemps. Le petit garçon se démenait de son mieux pour aider dans le bateau sans nuire aux marins qui travaillaient ferme pour faire remonter leurs prises. Il goûtait la brise salée qui lui frappait le visage et pénétrait dans sa bouche. Il humait avec satisfaction l'odeur de poisson remontant de la cale. Même la houle parfois forte lui plaisait. Il se faisait un devoir de rester debout sans prendre appui au bastingage, ne comprenant pas pourquoi certains marins avaient le mal de mer. Pour lui, la sensation d'être sur un bateau était unique.

C'était lors de l'une de ses sorties en mer qu'il avait été blessé au visage lorsque la bôme l'avait frappé de plein fouet. Son arcade sourcilière en était restée étrangement marquée. Les quelques poils de sa cicatrice avaient repoussé tout blanc en barrant le sourcil droit en diagonale. Il n'avait jamais voulu effacer ce trait insolite de son visage, considérant que cela lui procurait un charme supplémentaire. Et c'était le cas.

Peio était un garçon ambitieux, confiant en lui-même. Il était persuadé depuis son plus jeune âge qu'il était destiné à un brillant avenir. Son orgueil était à la hauteur de ses ambitions. Lui, il accomplirait de grandes choses ; il réussirait là où les autres avaient échoué. Peio avait toujours cru en son destin qu'il savait grandiose. Ses ambitions étaient grandes, pour lui, pour sa ville, pour son pays. Voilà pourquoi il s'était présenté aux législatives malgré sa jeune trentaine. Il réussirait là où tout le monde échouait. Rien ne pourrait l'arrêter.

— Alors, tu viens chérie, minauda la blonde en attendant qu'il déverrouille la porte d'entrée.

Peio sortit de sa rêverie et se dirigea vers la somptueuse demeure. Il ouvrit la porte en fer forgé d'arabesque fine et élégante. L'intérieur était encore plus beau que l'extérieur. Des carrelages en marbre noir et blanc posés en losange accueillaient le visiteur dans un vestibule bas de plafonds. On ne voyait rien d'exceptionnel à la villa d'un premier abord. Néanmoins, lorsqu'on levait les yeux et qu'on s'avançait dans la cour intérieure, la magie se produisait. L'édifice avait été construit autour d'un atrium carré, un peu à la manière des maisons traditionnelles du sud de l'Espagne. Une fontaine blanche et bleu, d'un bleu qu'on aurait dit fait de lapis-lazuli, trônait en plein centre. Le carrelage n'était pas carré, mais plutôt en forme d'écailles de poisson, ou peut-être de fleurs de nénuphar, composé de marqueterie dans toutes les nuances allant du beige foncé au crème. Des colonnes circulaires soutenaient tout autour un deuxième étage d'où ressortaient des fenêtres rectangulaires de belle allure. Il n'y avait pas de toit qui recouvrait l'atrium, ce qui en faisait un endroit lumineux.

Le couple traversa l'atrium. La blonde déposa ses sacs remplis d'achats inutiles près du salon et ils se dirigèrent vers la terrasse. Ensuite, ils s'effondrèrent dans les fauteuils en osier, épuisés l'un par le sport qu'il venait de faire et l'autre par une autre sorte d'exercice dans les magasins de Biarritz. Ils regardèrent un temps la baie de Socoa et, plus loin, le golfe de Gascogne. Il faisait beau, très beau, chaud aussi pour la saison. Une petite laine suffisait. Ils voyaient en bas une partie du village et les bateaux dans la rade. Ils pouvaient presque entendre et sentir l'activité portuaire.

À les voir ainsi, on aurait dit le couple le plus heureux du monde. Après un long silence, Peio dit à sa compagne.

— Écoute mon poussin, il faudra ralentir sur les dépenses. Ce n'est plus possible, là.

— Mais voyons mon chéri, qu'est-ce que tu dis ? Ce n'est pas si terrible. Tu veux que je te montre mes achats.

Elle s'apprêta à se lever quand Peio lui fit signe de la main que ce n'était pas nécessaire.

— Malgré ce que tu penses, les affaires ne vont pas si bien que cela.

— Mais voyons, mon chou, tu es riche. Tout le monde le sait. Puis, tu ne m'as jamais dit que les choses allaient mal.

— Non, ce n'est pas que les choses vont mal, mais…

À ce moment-là, l'attitude de la blonde commença à changer. Elle abandonna ce sourire niais qui lui barrait le visage. Elle laissa tomber son petit roulement d'épaules qu'elle croyait si sensuel.

— Ne me dis quand même pas que…

— Non, non, quand même pas… mais il faudra que tu fasses plus attention.

Alors, la minette commença à s'offusquer, jouant son rôle à la perfection.

— Qu'est-ce que tu veux dire, faire plus attention ? Je fais attention ! Je n'achète pas les choses les plus chères du magasin.

Sa remarque fit hausser le ton à Peio.

— Tu sais ce que je veux dire.

— Non, je ne sais pas ce que tu veux dire.

Peio tourna le visage vers la mer. Il était en rogne, cela se voyait. Il ajouta.

— Parfois, je me demande si tu n'es pas avec moi seulement pour mon argent.

L'autre prit son air le plus indigné, comme elle l'avait vu faire au cinéma par Brigitte Bardot, en rejetant la tête légèrement en arrière et en faisant la moue.

— Tu m'insultes, là. Pour ton argent ! avait dit la fille en terminant sa phrase par un « pffuit » bien senti. Si j'avais voulu être avec des hommes plus riches, je le serais déjà. Ils sont nombreux, tu sais, ceux qui veulent m'avoir à leur côté.

Alors Peio explosa d'une colère qui ne lui était pas habituelle.

— Hé bien, va les retrouver tes grosses légumes.

La blonde resta stupéfaite de sa réaction. Jamais son chéri ne lui avait parlé ainsi. Peio continua en hurlant presque.

— Va les retrouver. Je ne veux plus te voir. Du balai ! Sors d'ici !

La blonde éclata en sanglots en se cachant le visage. Mais aucun pleur ne sortit de ses jolis yeux, comme pour ces actrices de *soap opera* qui imite à la perfection les geignements sans qu'on ne parvienne jamais à voir couler la moindre larme.

— Tu ne peux pas faire ça, mon chéri, après tout ce que nous avons vécu ensemble.

— Ce que nous avons vécu ensemble ? Mais de quoi parles-tu ? Nous n'avons rien vécu ensemble. Tu t'es contenté de dépenser mon argent.

La blonde, voyant que le combat était perdu, se leva en prenant son air le plus outragé. Elle ne trouvait pas les mots.

— Bien… si c'est comme ça… je pars… immédiatement… C'est fini entre nous… je ne reviendrai plus…

— Oui il vaut mieux que tu partes maintenant… tu me laisseras l'adresse où je t'enverrai porter tes bagages…

La minette se retourna en prenant son air le plus indigné, comme elle l'avait vu faire dans un vieux film de Rita Hayworth. Elle allait partir lorsqu'elle s'arrêta au moment où une pensée lui traversa l'esprit. Elle se retourna à moitié et demanda d'un ton mielleux.

— Je peux garder les bijoux ?

Peio baissa la tête et n'ajouta plus rien. C'est ainsi que se sont terminés plusieurs mois de bons et loyaux services de la part de la blonde au petit nez et que Peio se retrouva encore une fois seul avec lui-même.

***

Peio avait perdu aux élections législatives de 1973. Ce fut un coup dur. Même s'il prenait de gros risques en se présentant à un tel poste — il était trop jeune, on le lui avait répété —, il n'avait pas écouté les conseils. De toute façon, ce n'était sûrement pas de sa faute. Ses collaborateurs avaient foiré, on ne l'avait pas assez soutenu au parti, les fonds avaient manqué pour faire une campagne plus agressive, etc.

Peio était quelqu'un de très sûr de lui et de sa destinée. Il avait été encouragé par sa mère dès son plus âge à accomplir de grandes choses. Elle lui avait appris à croire en lui, à prendre son destin en main. Elle lui avait enseigné à se forger un caractère trempé de probité et de loyauté, seul capable de le propulser dans les plus hautes sphères. Quand ils regardaient ensemble les étoiles au bord de la mer, elle lui montrait la Voie lactée : « Ton chemin ressemblera à celui-là », lui disait-elle avec un accent espagnol qui ne l'avait jamais quitté.

Sa mère, Daniela, avait elle-même eu un destin peu commun. Elle était née dans le Pays basque espagnol, deuxième enfant d'une famille aristocratique qui s'était ralliée aux Républicains dès le début de la guerre civile espagnole en 1935. Son père, un ingénieur de formation et grand amateur de la culture gréco-romaine, avait même été un acteur important dans la *Euzko Gudarostea*, l'armée basque qui se battait contre les troupes de Franco. Déjà membre du gouvernement républicain hostile à la montée des Nationalistes qui voulait le renverser, il avait été horrifié par le bombardement de Guernica, celle ville symbole rasée par l'aviation allemande, ce qui l'avait incité à prendre les armes.

Sa fille Daniela de même que son frère plus vieux avaient aussi pris part aux combats jusqu'à la fin de la bataille de Bilbao. Le père et le frère y avaient perdu la vie. Elle seule avait pu en réchapper en embarquant sur une petite chaloupe de pêche. Le père de Peio l'avait récupéré en mer, blessée, épuisée et déshydratée. Il l'avait recueillie chez lui, avait pris soin d'elle et l'avait finalement mariée. Jamais elle n'avait voulu remettre les pieds dans son pays d'origine tant que Franco serait au pouvoir. Trop de mauvais souvenirs la hantaient, trop de morts inutiles, trop de massacres de civils innocents. Elle en avait trop vu.

Daniela avait gardé de cette époque un sens très vif de l'honneur. Elle avait combattu solidaire avec des hommes et des femmes qui avaient cru en leur cause. Malgré les nombreuses dissensions et les multiples idéologies de cette armée disparate, une chose les tenait ensemble : la loyauté envers les camarades, la fidélité indéfectible envers leurs sœurs et frères d'armes. Elle avait vu des braves refuser de se retirer d'une position dangereuse et tombés au combat pour protéger les autres. Elle avait elle-même sauvé in extremis un collègue en l'aidant à s'extirper, blessé, d'une zone de combat. Peio avait une haute considération pour sa mère.

S'il avait appris de son père le travail manuel et le sens de l'effort, il tenait de sa mère sa culture classique. Elle jouait du piano à merveille, un instrument qu'elle maîtrisait déjà très jeune. Malgré la pauvreté relative dans laquelle ils avaient vécu au début, elle n'avait jamais voulu se départir de son piano droit qui sonnait faux. Quand elle jouait, il arrivait souvent au petit Peio de s'asseoir à côté d'elle, sentant le mouvement de ses mains et de son corps près de lui.

Elle lui avait appris à lire très jeune. Bien avant qu'il aille à l'école, il avait déjà lu les contes de Perreault et un ou deux romans de la Comtesse de Ségur. Comme son père avant elle, la mère de Peio était férue de littérature grecque qu'elle lisait dans la langue d'origine. C'était elle d'ailleurs qui avait trouvé le nom de l'entreprise que son père avait mise sur pied et que Peio dirigeait maintenant : Méduse.

Pratiquement tout le monde croyait que ce nom venait des animaux marins gélatineux que l'on retrouve en abondance dans le golfe de Gascogne. Pourtant, on avait tort. Lorsque son père avait décidé que la pêche n'était pas suffisamment rentable pour faire vivre sa famille, il avait eu l'idée d'acheter à crédit un et puis deux camions réfrigérés destinés au transport des poissons et des crustacés sur de longues distances. À l'époque, le marché se développait à peine. De nouvelles technologies de réfrigération mobile rendaient plus accessible la distribution de la précieuse marée. À cette époque encore, près de 60 % de la cargaison se perdait en route. Le nouveau système permettait de réduire cette perte à 30 %.

Lorsque le père de Peio avait cherché un nom pour son entreprise, sa mère s'était tout naturellement tournée vers la mythologie grecque. Elle avait pensé à Méduse, l'une des trois Gorgones dont le seul regard a le pouvoir de pétrifier tout mortel. De la pierre à la glace, il n'y avait qu'un pas symbolique à franchir. Le démarrage de l'entreprise avait été difficile. Méduse ne faisait pas ses frais. Son père avait été un bon pêcheur, mais un médiocre homme d'affaires.

Lorsque Peio s'était associé à lui tout en continuant ses études, l'affaire avait pris son envol. L'entreprise avait acheté d'autres camions et fait construire un entrepôt frigorifique, des garages et un bureau dans la zone industrielle de Saint-Jean-de-Luz. L'entrepôt s'était rapidement avéré trop petit. Il avait fallu l'agrandir au cours des années. Le succès de Méduse reposait sur le transport des surgelés. La plupart des camions-remorques pouvaient charger jusqu'à vingt tonnes de marée. Pour la plupart, ils filaient directement sur Rungis pendant la nuit afin d'approvisionner les fameuses halles de Paris.

À l'âge de vingt et un ans, Peio était déjà le maître incontesté de Méduse. Son père avait décidé de se retirer après quelques années de camionnage, heureux de laisser aux mains de son fils génial une entreprise qu'il n'aimait guère. Cet investissement avait été pour lui un gagne-pain pénible qui lui avait fait regretter les nombreuses heures de travail en mer.

Méduse faisait vivre plus d'une centaine d'employés de la région, des ouvriers travaillant à l'usine de réfrigération et quelques dizaines de camionneurs. Elle était l'un des fleurons non seulement de la ville, mais aussi du Pays basque en entier. Sa popularité tenait autant à son succès économique qu'à une bonne dose de marketing. Peio était passé maître dans l'art de vendre le label de son entreprise.

Par ailleurs, le succès avait aussi apporté une bonne dose de récriminations et de rancunes. Il y avait ceux qui n'avaient pas su apercevoir à temps ce filon prometteur et qui rongeaient leur frein en attendant la chute de ce colosse au pied d'argile. Ceux aussi qui ne profitaient pas des retombées économiques de cette manne et qui cherchaient par tous les moyens à lui mettre les bâtons dans les roues, par pure jalousie. Ceux enfin, bien intentionnés, mais lucides, qui se demandaient jusqu'où la chance allait durer pour cette étoile filante surfant à la limite de sa marge de crédit. On craignait le coup du sort ou le brusque changement du cycle économique qui viendrait mettre une fin brutale à cette aventure.

Enfin, on trouvait les éternels insatisfaits, syndicalistes ou autres, qui reprochaient à Peio de s'enrichir sur leur dos de ses employés. Il est vrai que son train de vie prêtait à de telles attaques. Peio était un homme flamboyant qui aimait montrer au tout venant sa réussite. Il donnait des pourboires démesurés dans les palaces où il descendait ou dans les restaurants trois étoiles Michelin. Il pouvait payer régulièrement la tournée à tout le monde dans les bars. Il s'habillait avec des vêtements griffés, possédait plusieurs automobiles, dont une Bentley hors de prix. Il avait un chauffeur, très peu utilisé parce qu'il préférait conduire lui-même, une cuisinière et quelques domestiques.

Peio était un bon patron selon les dires de la plupart de ses employés. Il engageait de préférence des gens de la région qui devait faire vivre leur famille et dont c'était le seul revenu. Il aidait aussi sa propre famille. Ses parents vivaient dans une nouvelle maison au bord de la mer. Il payait les études de ses deux sœurs et surtout il faisait travailler son plus jeune frère Iban.

On avait diagnostiqué chez Iban dès son plus jeune âge un « léger retard de développement », une litote trouvée par le médecin pour ne pas parler de handicap mental. Il avait eu de la difficulté à l'école. Peio l'avait beaucoup aidé à faire ses devoirs scolaires. Il le revoyait, peinant à écrire la moindre phrase, tirant la langue et suant à grosses gouttes sur son cahier. Son grand frère l'avait toujours protégé à l'école, démolissant à coup de poing tous ceux osant s'en prendre à lui.

Dès qu'il avait été en âge, Peio lui avait mis entre les mains l'un de ses camions. À son étonnement, il avait rapidement appris à conduire ces mastodontes et s'était pris d'une véritable passion pour les transports au long cours. Il avait trouvé sa voie. Quand il arrivait dans la cour avec son camion vide, il se précipitait dans le bureau de Peio et lui disait immanquablement. « Allô, grand frère, c'est fait. Tu dois être fier de moi ». Peio adorait son frère. Oui, il l'adorait.

Récemment toutefois, après un retour de Rungis, il vint voir Peio avec moins d'enthousiasme.

— Allô grand frère.

— Hey Iban ! Encore un beau voyage ?

— Oui, oui. Un beau voyage.

— Qu'est-ce qui se passe ? Tu n'as pas l'air réjoui.

— Oui, oui. Pas de problème.

Quelque chose clochait, Peio le voyait bien. Iban avait toujours eu des hauts et des bas. Autant pouvait-il s'emballer pour un petit rien, autant tombait-il inactif sans raison. Il ressemblait à leur père à cet égard. Alors Peio s'approcha de lui et le prit par les épaules en lui disant.

— Allons, Iban, je te connais. Qu'est-ce qui ne va pas ?

— Non… rien…

— Quelqu'un t'a fait du mal ?

— Non. Personne.

— Tu me le dirais n'est-ce pas ? Je ne tolère pas que l'on te fasse du mal.

— Non… Ce n'est pas ça…

Lorsqu'il était dans cet état-là, Iban se refermait comme une huître et il était difficile de lui arracher quoi que ce soit. Seul Peio y arrivait… parfois.

— Voyons Iban, tu peux me le dire. Je suis ton grand frère. Tu sais que tu peux tout me dire.

— C'est parce que… Il y a quelqu'un à Rungis qui…

— Qu'est-ce qu'il t'a fait ?

— Il ne m'a rien fait, mais il savait que j'étais ton frère et il m'a parlé de toi.

— Et alors ?

— Tu sais… je ne l'ai pas cru…

— Qu'a-t-il dit, Iban ? Tu peux me dire, ne t'en fais pas.

— Il a dit… il a dit que tu n'étais pas très prudent, que tu dépensais trop et que tu étais au bord du gouffre.

— Ah ce n'est que ça ! J'entends dire des choses comme ça tous les jours.

— Mais lui, il avait l'air sérieux. Il me disait cela comme pour me prévenir. Qu'est-ce que je ferais moi, si la compagnie fait faillite ? Qu'est-ce que je deviendrais ? Conduire un camion, c'est toute ma vie.

— Que me chantes-tu là ? La compagnie ne fera pas faillite, voyons. Puis tu ne perdras pas ton emploi non plus.

Peio dit ces derniers mots sans réelle conviction. Iban sut par intuition quand Peio n'était pas sincère.

— Peio, tu me le dirais si les choses allaient mal, n'est-ce pas ?

— Bien sûr. Je te le dirais, mais ce n'est pas le cas. Tu peux te fier à ton grand frère. Ça n'arrivera pas. Tu as confiance en moi ?

— J'ai confiance en toi, mon grand frère. Ça n'arrivera pas.

Peio était si sûr de sa bonne étoile que même s'il décelait certains signes annonciateurs, il était persuadé que rien ne pourrait le faire dévier de sa route. Il voulait faire de Méduse la plus importante société de transport réfrigéré d'Europe. Il y arriverait, c'était absolument certain dans son esprit. Il croyait en lui au-delà de toutes mesures. *Sky is the limit.* Seul le ciel pouvait l'arrêter.

* * *

Méduse était en pleine expansion. Peio avait de nouveaux projets d'achat de camions et d'agrandissement de ses entrepôts. Il visait le développement de son entreprise vers l'Espagne et vers l'Allemagne. Rien ne pouvait l'arrêter, surtout pas les timides manifestations qu'il rencontrait parfois lorsqu'il venait au bureau. Des socialistes qui voulaient syndiquer ses travailleurs. Peio se demandait bien pourquoi. Ses employés étaient bien traités. Ils ne voulaient rien de plus, même si l'on disait le contraire chez ses adversaires politiques : ils étaient sous-payés, pas de pensions, n'avaient pas suffisamment de protection sociale contre un éventuel coup du sort, etc.

Peio se voyait lui-même comme un bon patron. Il lui semblait que ses employés étaient tous contents de le voir lorsqu'il venait les rencontrer parfois, pas souvent il est vrai. On le saluait avec un sourire. Il leur disait des mots d'encouragement. Oui, ils étaient heureux de le voir. Mais très franchement, on ne peut pas dire qu'à cette époque, c'était le sort de ses employés ni même de son entreprise qui le préoccupaient le plus. Méduse était devenue sa vache à lait personnelle destinée à lui fournir en permanence et en abondance de quoi alimenter son train de vie extravagant. Il considérait que tout cela lui était dû, comme un droit inaliénable. Il était né sous une bonne étoile et suivait le chemin tracé par la Voie lactée, comme sa mère l'avait prophétisé jadis.

Un jour, il reçut une sorte d'avertissement, comme un éclair soudain et fugace dans un ciel bleu sans nuages. Comme d'habitude, il était allé danser au Cascarot, une discothèque à la mode à Biarritz. La musique était infernale, les lumières kaléidoscopiques créaient une ambiance hallucinée. Les corps sautaient sur place, entassés les uns sur les autres. Peio en était déjà à sa dose limite de cocktails et il commença en avoir marre. Les deux filles qui l'encadraient rivalisaient de minauderies en espérant que l'une d'elles serait choisie. Mais Peio décida de partir seul.

Il s'approcha lentement de sa voiture en se demandant s'il n'avait pas trop bu pour conduire lorsqu'il entendit une voix derrière lui. « Hé Mec ! ». Il ne se retourna pas, persuadé que l'interpellation ne s'adressait pas à lui : « Hé mec. C'est à toi que je parle ». Alors, Peio vira les talons et aperçut dans l'ombre celui qui lui parlait. C'était un clochard assis par terre le dos appuyé sur un muret. Il était sale et pouilleux, habillé d'un long manteau pouvant sans doute le tenir au chaud l'hiver, mais qui était nettement moins approprié pour cette saison. Il était barbu, hirsute, pas vraiment attirant.

— T'as une clope ? File-moi une clope.

Peio resta sur place pendant qu'il lui parlait, ne sachant trop comment réagir. Il avait l'habitude de voir ces mendiants dans certains quartiers où il allait. Jamais il ne se serait arrêté pour eux. Mais ce soir, allez savoir pourquoi, le type l'intrigua. Il sortit trois cigarettes de sa poche et s'avança vers lui, l'odeur le guidant.

Arrivé tout prêt du clodo, il lui présenta ses cigarettes.

— Je t'ai demandé une clope, pas trois.

Le clodo prit l'une des cigarettes, la posa sur ses lèvres et attendit. Peio resta figé.

— Et alors ! T'as du feu ?

Peio, comme s'il se réveillait, sortit son briquet en or et alluma la cigarette. En s'approchant du visage de l'homme, il put observer ses yeux. D'habitude les alcooliques finis ont les paupières lourdes et les yeux éteints. Mais pas celui-ci. Ses yeux brillaient littéralement dans le noir et ils le fixaient avec intensité.

— Il est l'heure…, lui dit le clodo comme s'il lui donnait un ordre.

Peio le regarda sans comprendre, se demandant ce qui se passait. D'habitude si sûr de lui, il se sentit — il ne savait trop comment dire — « vulnérable » en présence de ce mendiant. Pourtant, rien ne prédisposait cet individu à lui faire cet effet. Rien. Et Peio n'avait jamais été homme à se laisser intimider par quiconque. Normalement, il serait reparti sans demander son reste. Pourquoi avait-il plutôt décidé de rester ?

— L'heure de quoi ?

— Il est l'heure que tu paies ton tribut au roi.

— Qu'est-ce… c'est quoi ce… ce roi ? balbutia-t-il.

— Bien oui, le roi. Il faut que tu paies maintenant.

— Qu'est-ce que tu racontes ?

— C'est le roi qui t'a mis sur le trône. En retour, tu lui dois un cadeau.

— Un cadeau ? Quel cadeau ?

— Un cadeau de roi : une tête.

Peio était désemparé par cette conversation de plus en plus surréaliste. Qui était ce type ? Et pourquoi lui disait-il de telles choses ? Un illuminé qui apostrophait de la même façon tous ceux qu'il voyait ? Pourtant, il semblait s'adresser spécifiquement à lui, à lui seul, comme s'il le connaissait intimement. Pendant une fraction de seconde, Peio pensa que ce clodo était descendu de la voûte céleste pour lui parler. Pourtant, ce ne pouvait pas être le cas. Il avait sûrement trop pris de cocktails.

— Une tête ? Une tête de quoi ? demanda stupidement Peio

— La tête du monstre.

— Un monstre ?

— Celui que tu as créé.

— J'ai créé un monstre, moi ?

— Oui et tu ferais bien de la lui couper, la tête. Il faut payer ton tribut au roi.

Peio décida que le jeu était terminé. Il jeta un dernier regard sur le mendiant qui le fixait toujours. Il tourna ensuite sur lui-même et s'approcha rapidement de son auto sport. Arrivé tout près, il se retourna machinalement pour jeter un dernier coup d'œil au clodo. Il constata, surpris, qu'il n'était plus là. Peio jeta un regard à la ronde afin de tenter de l'apercevoir, sans succès. Il n'était vraiment plus là, il avait disparu, comme s'il n'avait jamais existé.

Peio secoua la tête en souriant. Il se dit qu'il avait sûrement rêvé cette rencontre. C'était même certain. Il avait trop pris de cocktails. Il s'apprêta à prendre ses clés dans sa poche lorsqu'il sentit quelque chose dans sa main. Il la leva vers lui, puis l'ouvrit. Il regarda longuement ce qu'il tenait.

Il y avait là un briquet et deux cigarettes. Seulement deux.

Peio oublia cet incident jusqu'au jour où les événements se précipitèrent. Cela avait commencé par quelques actes isolés de vandalisme sur ses camions. Il n'y avait pas pris garde au début, certain que c'était ces foutus socialistes. Croyaient-ils vraiment qu'on lui ferait peur ? Il avait rapporté ces faits à la police sans plus s'en préoccuper.

Ensuite — c'était plus sérieux —, une compagnie bretonne spécialisée aussi dans le transport réfrigéré, Céto et cie, était récemment venue s'installer dans la région. De prime abord, il n'y avait là qu'un fait des plus banal. Céto avait acheté un petit entrepôt abandonné et l'avait rénové. Personne n'avait vu plus de deux ou trois camions sur le parking, rien à comparer à la flotte de la trentaine de semi-remorques de Méduse.

Peio ne s'inquiéta pas jusqu'à ce qu'il prenne des renseignements sur la compagnie. C'était en fait l'une des plus grosses entreprises de transport de Bretagne dans ce créneau. Sûr de lui comme il l'était, il n'avait jamais pris la peine de s'informer des entreprises qui pouvaient lui faire du tort. Et là, c'était bien le cas. La stratégie de Céto était toujours la même. Elle s'installait dans une région côtière en faisant profil bas. Elle se constituait lentement un réseau local en cassant les prix. Quand le poisson était ferré, elle prenait rapidement de l'expansion. Peio ne s'était pas méfié, mais Céto en était déjà rendu à un point de non-retour.

Rien ne sembla ébranler la confiance de Peio en sa bonne étoile. Il ne voyait rien tout en continuant comme avant, plus qu'avant même, à dépenser sans compter, séjournant dans les meilleurs hôtels d'Ibiza ou perdant des sommes astronomiques à Monte-Carlo. Il délaissa de plus en plus la gestion quotidienne de Méduse aux mains de ses comptables et de ses avocats.

Puis un jour, il reçut un coup de fil de sa banque. On lui annonça que son découvert était beaucoup trop élevé. On lui demanda de rembourser ses dettes dans les plus brefs délais. Lorsque Peio s'assit avec ses comptables pour examiner la situation, il prit conscience de l'état catastrophique des finances. Méduse était au bord du gouffre. Pour la première fois de sa vie, Peio fut confronté à une situation qu'il ne pouvait pas contrôler et il dû demander des conseils, ce qui le répugnait au plus haut point. Il fallut engager un expert afin d'effectuer un audit qui lui révéla l'état de sa situation : elle était désespérée. Même s'il réduisait la taille de l'entreprise en vendant certains actifs, en licenciant des employés et en réduisant drastiquement son niveau de vie, il était sans doute trop tard.

La nouvelle commença à se répandre. Méduse avait le cou dans la guillotine et ce n'était qu'une question de semaines, voire de jours, avant que la lame tombe. Les fournisseurs se bousculèrent au bureau pour se faire payer. Les employés qui le croisaient lui demandèrent avec des visages inquiets :

— M. Loyola, c'est vrai ce qu'on dit : Méduse va déposer son bilan ?

Peio s'efforça de calmer tout le monde en disant que c'était une mauvaise phase normale dans une entreprise en expansion, qu'il fallait être patient et surtout ne pas cesser de se battre pour la compagnie. « Ensemble, nous allons y arriver », disait-il avec une conviction feinte. Il est vrai qu'il avait toujours été un beau parleur. Il maîtrisait bien les fibres sensibles autant des consommateurs que des fournisseurs ou des employés. Mais il était inquiet. Et surtout un sentiment nouveau s'insinua chez lui qu'il n'avait jamais connu auparavant : la peur.

Toutefois, Peio ne reconnut pas cette peur en lui, tout simplement parce qu'elle était inavouable. Il n'en resta pas moins qu'elle le faisait hésiter sur les actions à prendre et surtout sur ses propres capacités à relever le défi. Lui qui avait toujours cru aveuglément en lui, il était en train de comprendre que cette confiance démesurée n'était peut-être qu'un leurre soigneusement entretenu par sa mère. L'idée qu'il s'était toujours faite de son destin éclatait en mille morceaux.

Son orgueil démesuré lui fit se chercher des excuses. C'était cette compagnie de merde qui ne jouait pas franc-jeu. C'était ses employés qui n'étaient pas suffisamment productifs. C'était les banques, ces requins, qui étaient trop pressées et trop gourmandes. Personne ne disait rien quand ils s'en mettaient plein les poches. Maintenant, ils étaient tous à l'affût de sa débandade. De petits diablotins venaient même lui souffler à l'oreille : « ne te laisse pas entraîner dans la chute. Va-t'en loin et laisse tout cela derrière toi ». Il était horrifié par cette idée qui allait à l'encontre de tous ses principes. Il leur répondait alors : « Je ne suis pas un lâche. Je suis Peio, celui que les étoiles ont désigné pour faire de grandes choses. Je ne m'enfuirai pas et j'affronterai mon destin. »

Jamais il n'avait été si abattu que le jour où son frère Iban lui tomba dans le bras en pleurs. On venait de lui apprendre que sa prochaine tournée à Rungis serait la dernière.

— Ce n'est pas vrai, Peio. Dis-moi que ce n'est pas vrai. Tu avais promis. Tu te souviens ? Tu avais promis.

— Calme-toi, Iban, calme-toi ! Je suis vraiment désolé. Vraiment désolé. Je ne peux rien y faire. Je suis pris à la gorge.

— Mais tu peux tout faire, mon grand frère. Je le sais.

— Non, Iban, je ne peux plus rien faire. Nous allons fermer boutique dans quelques jours.

Peio était si triste de voir pleurer sur son épaule, ce grand gars baraqué. Peio en avait les larmes aux yeux. Son pauvre frère, dans son si simple raisonnement, se sentait trahi par lui. Et pourtant, il ne lui en voulait pas. Il avait encore un espoir que Peio puisse transformer la situation. Il pouvait tout.

— Ce n'est pas possible Peio. Ce n'est pas possible. Qu'est-ce que je vais devenir ?

— Tu trouveras autre chose, Iban. Tu es un bon conducteur de camion. Tout le monde le sait.

Iban le regarda alors d'un air si désespéré que Peio baissa les yeux.

— Non Peio, je ne pourrai jamais trouver un autre travail. Jamais.

Puis il partit pour sa dernière tournée à Rungis sans même le saluer. Peio ne le savait pas encore, mais ce jour-là avait été décisif pour lui.

La faillite de Méduse avait été déclarée deux jours plus tard. La tête du monstre venait de tomber.

Chapitre 9 : Zoé se révèle

C'était l'un de ces beaux dimanches d'été. Lorsque Zoé sortit du CHSLD ce jour-là, elle avait décidé de marcher un peu. Pour sentir le soleil sur sa peau. Pour humer l'air humide. Pour entendre le bruit de la vie autour d'elle, alors que la mort rôdait dans tous les recoins de la résidence d'où elle venait. On demandait aux bénévoles d'être présents auprès des bénéficiaires à des périodes inhabituelles. Le dimanche était particulièrement pénible pour certains alors qu'ils voyaient la famille des autres visiter leur proche. Le cas de Madame Andréa était sans doute l'un des plus navrants. Seule au monde.

L'histoire de sa grand-mère lui revenait par bribes. Son enfance dans le village du bout du monde. Ses moments d'exaltation, enfant, devant les étoiles. Son mariage malheureux, abandonnée à son sort. Sa rencontre avec Pierre, son grand amour. Les révélations de Phil sur son grand-père. Toute une vie qui se déroulait devant ses yeux avec ces instants de bonheur et ses périodes de malheur. « Ni tout blanc, ni tout noir », se dit-elle.

Son attention fut captée par un groupe de personnes âgées sortant d'une église. Il était midi et quelques. Ce devait être la sortie d'une messe. Cela lui rappela ces brèves périodes où elle était entrée dans une église plus jeune. Sans se poser plus de questions, elle s'approcha du porche et pénétra dans l'édifice. Elle alla s'asseoir dans le dernier banc alors que quelqu'un s'affairait à mettre un peu d'ordre à l'arrière.

L'immeuble n'avait rien à voir avec les églises et les chapelles qu'elle avait vues jadis lors d'un voyage en France avec ses parents. C'était il y a longtemps, mais elle en avait gardé de vifs souvenirs. Son père, toujours plein d'énergie, avait préparé un itinéraire épuisant. Sa mère avait été rapidement fatiguée et restait parfois à l'hôtel, mais Zoé et lui avaient passé leur temps à s'émerveiller devant ces mastodontes qu'étaient les cathédrales gothiques. Elle avait toujours préféré cependant les petites églises romanes, plus sombres, mais aussi jusqu'à un certain point, plus chaleureuses. Elle se souvenait fort bien de l'abbaye (son nom déjà?) encore occupée par une communauté. Au moment où ils étaient là, les moines priaient en chantant du grégorien. Zoé avait été charmée par l'atmosphère qui ressemblait un peu à celle d'aujourd'hui. Elle s'était demandé ce qu'il pouvait bien y avoir dans l'air pour produire un tel effet sur elle.

Zoé retrouvait dans cette église-ci un peu de cette ambiance très particulière, comme si les croyants qui venaient de quitter l'église avaient laissé une vibration spécifique qui n'avait pas encore eu le temps de se dissiper. Il y avait quelque chose de vaporeux dans l'air, de léger, d'intemporel. Elle regarda l'abside vide. Elle reconnut l'aménagement, mais n'aurait pas pu nommer les différents objets. Elle vit bien sûr le crucifix qui dominait l'espace.

Elle se sentit bien ici. Elle n'aurait pas su dire pourquoi. Depuis la mort de son père, ils étaient extrêmement rares les endroits où elle pouvait vivre cet état d'âme. Quand son père était là, la maison avait été un lieu animé, paisible et rassurant. Oui, alors elle se sentait bien. Ici et maintenant, elle se laissa aller à ce moment fugitif, la paix au cœur. Au contact d'Andréa, elle commençait à comprendre que la contemplation malsaine et égoïste de ses malheurs lui faisait du mal. Il y avait un univers autour d'elle, tout un monde qu'elle refusait encore de voir. Comme la Belle au bois dormant, elle s'était endormie piquée par le fuseau de la réalité et elle refusait d'ouvrir les yeux. Il était peut-être temps qu'elle se réveille.

Elle regarda de nouveau en avant, vit le crucifix et repensa à ses rencontres aux *Narcotiques anonymes*. Sa marraine Sophie lui avait parlé du Grand Bonhomme en haut. Zoé sourit en voyant le crucifix. Elle ne se l'était pas imaginé comme ça, sanguinolent, pendu à un gibet. Il n'était pas certain que celui-là ne pourra jamais l'aider. Elle essaya de se rappeler la troisième étape. Qu'est-ce que c'était déjà ? « Nous avons décidé de confier notre volonté et notre vie aux soins de Dieu tel que nous Le concevions. »

— Bonjour, vous désirez voir un prêtre ? lui dit un homme âgé.

Comme Zoé avait sursauté, l'homme s'excusa et répéta sa question.

— Non merci... je....

Elle se leva brusquement et repartit vers la sortie sous l'œil interrogateur du vieux bonhomme.

Dès qu'elle mit un pied dehors, elle sortit son portable de sa poche arrière et signala le numéro de Sophie.

— Allô Sophie ? C'est moi, Zoé.

— ...

— Moi aussi, je suis contente de te parler.

— ....

— Non, ça va, je t'assure. Je ne voudrais pas te déranger.

— ...

— Tu es bien fine, Sophie. Je me demandais si nous ne pourrions pas nous voir aujourd'hui.

— ...

— Luncher ensemble ? Pourquoi pas ? Tu es certaine que ça ne te dérange pas ?

— ...

— Le bistro de la Gamelle ? Oui, je connais. À tantôt alors…
et merci Sophie.

Quand Sophie entra dans le restaurant, elle ne passa pas
inaperçue. C'était une femme très élégante sur ses talons hauts. Elle
marcha vers Zoé avec la sûreté de celle qui avait réussi. Pourtant —
elle aurait été la première à le reconnaître —, son attitude était le
résultat d'une conquête quotidienne acharnée faite de hauts et de
bas. Avant de s'asseoir en face de Zoé sur la banquette, elle alla
l'embrasser alors que celle-ci resta assise.

— Allô la belle Zoé. Je suis si heureuse de te voir. Tu n'étais
pas là la semaine dernière ? Ta nouvelle coupe de cheveux te va si
bien. Tu me donneras le nom de ta coiffeuse.

— Moi aussi je suis contente. Non, je n'étais pas là. On
commande et je t'explique.

Zoé n'avait jamais mis au courant sa marraine de ses
tribulations. Il est vrai qu'elle n'était pas en état de faire la
conversation au tout début, surtout à propos de choses qui la
touchaient de près. Cette femme lui inspirait confiance toutefois.
Elle n'aurait pas su dire pourquoi. Elle était rassurante. Et surtout,
Zoé soupçonnait qu'elle avait dû franchir un sacré parcours du
combattant avant d'arriver là où elle en était. Par ses témoignages,
elle avait appris ses périodes de désespoir à un âge où les filles

rêvent encore au Prince charmant. La séparation de ses parents, son désarroi, sa découverte de la drogue, douce d'abord, puis dure ensuite. Elle avait même fait un temps un peu de prostitution pour son propre compte, pour se payer sa dose.

Sophie était une survivante. Comment avait-elle fait ? Zoé se souvenait du jour où elle lui avait parlé du Bonhomme en haut. La troisième étape avait été la plus difficile à franchir pour elle. Elle ne croyait pas en Dieu. Elle n'y comprenait rien de toute façon. Ce n'était pas sa tasse de thé, comme elle le disait. Avec les NA, elle avait toutefois compris que d'affronter ce Dieu qu'elle trouvait pervers était inévitable. Ce fut une longue bataille émaillée de rechutes et de reprises. Jusqu'à ce qu'elle lâche prise.

Oui, Zoé avait une certaine admiration pour Sophie.

— Alors, qu'est-ce qui se passe avec toi ?

— Je vais mieux… je le pense du moins. Je continue à suivre mon traitement pour me sevrer et je commence à en voir les effets. Je tremble moins, je ne vomis plus. C'est la grande forme quoi !

Les deux sourirent en même temps à la litote de Zoé. Celle-ci continua.

— Je pense t'avoir dit que j'avais failli aller en prison ?

— Non, tu ne me l'as pas dit. Tu n'étais pas très bavarde lorsque nous nous sommes rencontrées : un vrai chat sauvage. Tu te tenais dans ton coin, prête à attaquer tous ceux qui t'approchaient.

— T'as raison. J'étais si mal dans ma peau.

— J'ai connu ça. Si tu savais comme j'ai connu ça.

Sophie la regarda avec tellement d'empathie qu'elle en fut émue.

— J'avais fait une belle connerie et je me suis retrouvée devant le juge. Je ne sais pas s'il m'a prise en pitié, mais il ne m'a pas jetée en prison. C'était ma première offense. J'ai eu droit à trois mois de travaux communautaires dans un CHSLD.

— Tu as été chanceuse. Le juge devait être dans ses bons jours. Ce n'est pas toujours le cas.

— Je suppose. Cela ne me plaisait pas, mais je m'en foutais. Me retrouver quotidiennement avec une bande de vieux avec un pied dans la tombe, ce n'était pas mon idéal de vie. De toute façon, je n'en avais pas d'idéal de vie... du moins, je n'en en avais plus.

La serveuse arriva avec les plats qu'elles avaient commandés quelques minutes plus tôt : Sophie une salade et Zoé un tartare de saumon. Ni l'une ni l'autre n'avait commandé de vin. Elles entamèrent leur plat en silence. Zoé continua.

— Il est arrivé un événement au CHSLD.

— Ah oui ! Lequel ?

— Un drôle de hasard. J'ai commencé à m'occuper d'une vieille dame difficile, alcoolique au dernier degré, en phase terminale. J'ai pensé un temps que cela faisait partie de ma punition : on m'avait envoyée auprès de la plus hargneuse des femmes.

— Et le hasard, il est où ?

— Je te le donne en mille : c'est ma grand-mère ! Je croyais qu'elle était morte. J'ai appris par la suite que mon père n'avait jamais voulu me la faire connaître. Je ne comprends pas encore les raisons de cette rupture entre les deux. C'est une femme brisée, tu sais, et cela ne date pas d'hier. Depuis quelque temps, elle s'est mise à me raconter son passé... C'est touchant... elle me touche, cette vieille dame.

— Et bien. Ça alors ! Pour un hasard, c'en est tout un. Moi tu sais, je ne crois pas au hasard. Je suis convaincue qu'il n'arrive rien pour rien en ce monde.

— Tu crois.

— J'en suis certaine. Ne me demande pas comment ça se passe, mais ça se passe. Quand une rencontre comme celle-là arrive, nous avons deux choix : faire semblant que c'est une pure coïncidence ou comprendre que c'est une perche tendue.

— Une perche tendue ?

— Mais oui ! Une perche tendue par le Bonhomme en haut.

— C'est drôle ce que tu me dis là. En fait, c'est un peu pour cela que je voulais te voir. J'étais dans une église tout à l'heure. Des souvenirs me remontaient de mon enfance, surtout des états d'âme que je ne m'explique pas. Je me suis demandé si cela avait à voir avec la troisième étape.

— J'en suis certaine. Tu en es là, Zoé. N'aie aucun doute là-dessus, tu en es là. Il n'en tient qu'à toi maintenant.

— Mais je ne sais pas quoi faire. Je ne comprends pas. Je ne peux pas m'expliquer ce qui m'arrive.

— Tu ne peux pas t'expliquer !... Pourquoi sens-tu le besoin de tout expliquer?

— Parce que je suis comme ça... C'est mon père qui m'a appris ça...

Elle baissa la tête en disant cela. Sophie comprit immédiatement que Zoé venait de toucher une corde sensible. Elle eut la prudence ou la décence de ne pas insister. Elles commandèrent un café et se mirent à parler de banalités, de choses du quotidien. Elles rirent ensemble de certains événements. Elles bavardèrent comme de vieilles copines.

Mais Sophie n'était pas sa copine. Elle était la marraine de sobriété de Zoé et elle sa filleule. Sophie voyait qu'elle en était à une étape difficile et importante. Elle savait par expérience qu'elle devait l'accompagner là-dedans. Mais le choix de franchir cette étape en revenait exclusivement à Zoé. Sophie ne pouvait que suivre le courant. Cela lui aurait fait plus de tort que de bien de la pousser dans une direction ou l'autre. Le chemin qu'elle entreprenait maintenant, elle devait le faire seule.

Sophie et Zoé en étaient à leur deuxième café. Pas de dessert évidemment, Sophie parce qu'elle voulait garder la ligne et Zoé parce que son ancien régime à l'entraînement lui interdisait. Elle demanda à Sophie :

— Crois-tu que le bonheur est possible pour des gens comme nous ?

Sophie regarda longuement le tableau derrière l'épaule de Zoé. C'était une croûte qui représentait des enfants jouant au hockey l'hiver dans une rue de Montréal.

— Je ne sais pas, Zoé. Sincèrement ? Je ne sais pas.

— Toi, tu ne l'es pas ?

— Ce que je peux dire, c'est que je suis mon chemin, je vais là où le Bonhomme en haut me dit d'aller. Pour moi, c'est suffisant. Il me reste encore plusieurs étapes à franchir. Je n'ai pas fini d'avancer. Et si je continue d'avancer, c'est que ma vie n'est pas terminée. Et toi ?

— Moi ? Oh moi…

Elle avait peut-être déjà connu le bonheur, pour autant qu'elle n'ait jamais su ce que c'était. Il lui restait certaines impressions fugitives. Quand son père arrivait le soir et la prenait dans ses bras et la lançait en l'air. Elle avait peur, mais elle avait confiance qu'il la rattraperait toujours. Quand il lui lisait des histoires avant de se coucher. Il faisait tous les personnages à lui tout seul, changeant de voix et mimant les gestes. Il terminait toujours par un chatouillement près de sa gorge qui la faisait rire aux larmes. Quand il l'amenait jouer au parc, poussant très fort la balançoire pendant qu'elle hurlait de joie. Les moments joyeux de sa vie que Zoé aurait pu qualifier d'instants de bonheur, elle prit conscience que cela avait été avec son père.

— Moi ? Il y a bien certaines périodes où je me sentais vivre pleinement lorsque je pratiquais le *snowboard*.

— Pourquoi cela ne m'étonne pas que tu dises cela ? lui dit Sophie avec un sourire. Avec ton énergie, je te vois bien faire ce genre de sport.

— Tu sais, ce n'était pas seulement un sport pour moi. C'était devenu presque une religion. J'étais dans une classe sport-études. J'y consacrais tous mes temps libres.

— Pas de garçon en vue ?

— Pas le temps pour ça, dit Zoé en riant franchement.

— Une belle fille comme toi. On a dû te tourner autour pas mal.

— Moins que tu crois. Moins que tu crois… Il y a bien eu Jessy. Un garçon bien, Jessy.

— Et alors ?

— Alors quoi ? Rien, dit Zoé en riant encore.

— Ça fait du bien de te voir rire. Je pense bien que c'est la première fois que je te vois rire.

— Je n'en ai pas eu beaucoup l'occasion depuis mon accident.

Elle se remémora ces périodes sombres qui l'avaient enfoncée dans un trou profond. Cela lui faisait mal juste d'y penser. Elle hésitait encore à en parler, même à Sophie.

— As-tu le goût de m'en parler ?

— Pas vraiment...

Elle regarda Sophie qui se taisait. Celle-ci n'était pas ce que l'on pourrait qualifiée de belle femme, ni jolie d'ailleurs. Le nez trop long comme le visage, de petits yeux bruns enfoncés dans des arcades sourcilières trop proéminentes. Ses traits lui donnaient du caractère, mais ne l'embellissaient pas. Cependant, la coiffure de ses cheveux mettait son visage en valeur le mieux possible. Sophie était une femme de goût à l'évidence. Elle faisait du mieux qu'elle pouvait avec ce qu'elle était incapable de changer. Zoé se décida à parler de son accident.

— C'est le genre d'accident plutôt banal qui arrive à plein de gens.

— Mais c'est arrivé à toi une seule fois, non ?

— Oui, bien sûr. Tu sais c'est difficile d'en parler. Il y a la Zoé d'avant l'accident et la Zoé d'après.

— Je pense que je peux comprendre.

— Je me suis entraîné tellement fort à cette époque.

— Pourquoi le *snowboard*?

— Depuis toute petite, j'ai toujours aimé les sports de glisse. Mon père était très sportif. Si tu trouves que j'ai de l'énergie, c'est parce que tu ne l'as pas connu. Même ses amis disaient qu'il était dur à suivre, au travail comme dans les loisirs. Il aimait beaucoup le ski. La première fois qu'il m'a emmenée sur une piste, je tenais à peine sur mes jambes. Ç'a été mon premier instructeur. Plus tard, j'ai découvert le *snowboard*. La planche et moi, nous étions faits l'un pour l'autre. Dès que j'attachais mon *snowboard* aux pieds, nous ne formions qu'un. Nous étions une seule machine soudée l'un à l'autre. Tu aurais dû me voir filer sur les pistes. Je volais presque. Évidemment, c'était inévitable, on a remarqué mon talent. Plus jeune, mon père m'a beaucoup encouragé à aller plus loin. Il m'accompagnait le plus souvent qu'il le pouvait. Il m'a appris à avoir confiance en moi…

Zoé prit une nouvelle gorgée de café. Il n'en restait presque plus dans la tasse et il était froid. Elle garda le silence un temps avant de continuer.

— J'ai commencé à m'entraîner avec des professionnels. Ils avaient formé une équipe de jeunes Québécois destinée à participer aux championnats mondiaux. Nous étions bons en maudit, je t'assure. On travaillait si fort. Nous nous entraînions tout l'été au Lac-Beauport.

— Ah tiens ! Je ne croyais pas que l'on pouvait s'entraîner l'été à un sport d'hiver.

— Bien sûr, nos hivers ont beau être longs, nous ne pourrions pas atteindre le niveau que nous avions si nous ne nous entraînions pas toute l'année. C'est un peu comme le piano. On ne sera jamais un bon pianiste si l'on ne pratique que six mois par année.

— Avais-tu le temps d'étudier ?

— Ce n'était pas un problème, ça. J'ai toujours eu de la facilité à l'école. J'étais une bolée, tu sais. Je savais déjà lire et même écrire un peu avant d'entrer à la maternelle. Mon père était un homme très brillant. Il lisait beaucoup et de tout. Je ne sais pas comment il y parvenait avec son rythme de vie. Il connaissait plein de choses et il m'a beaucoup appris. Dès mon plus jeune âge, il me disait que je ne devais pas compter sur l'école pour apprendre. Je devais le faire par moi-même. Je ne devais compter que sur moi-même pour faire mon chemin dans la vie. Et il m'a donné les moyens de le faire.

— Ton père, ça doit être quelqu'un.

— Ça, c'est certain…

Zoé leva une autre fois sa tasse de café pour se rendre compte qu'elle était vide. Elle la reposa lentement dans la soucoupe.

— En tout cas, j'étais bonne, je t'assure. Je me rends compte seulement aujourd'hui que la confiance en soi n'est pas toujours une bonne chose. Lorsqu'on en a trop, ce peut-être aussi très dangereux.

Zoé raconta à Sophie l'accident de *Mammoth Montains* du mieux qu'elle put, avec des hésitations dans la voix et des moments d'émotion. Elle revivait ces moments comme si la chose s'était passée hier. Elle raconta sa descente impeccable et la fraction de seconde d'hésitation qui l'avait perdu.

— Tu es restée longtemps hospitalisée ?

— Je ne sais pas trop, quelques semaines en soins intensifs, quelque mois en réadaptation. Il a fallu que je réapprenne à marcher, comme un petit enfant.

— Tu as réussi à ce que je vois.

— Pas vraiment. Physiquement, je m'en tire assez bien. J'ai appris que je ne pourrai jamais plus faire de sport violent. Mais au moins, je peux marcher.

— Mais mentalement…

— Ouais, ça, c'est autre chose.

Sophie leva le bras pour appeler la serveuse. Quand elle approcha, elle demanda à Zoé si elle désirait un autre café. Zoé trouvait qu'elle en avait déjà trop bu. Un thé alors ? Va pour un thé.

« Deux thés s'il vous plait ». Elles attendirent en silence que la serveuse revînt avec les deux tasses de thé. Sophie reprit la parole.

— Qui était présent pour toi à ce moment-là ?

— Personne.

— Comment, personne ! Ton père ? Ta mère ? Tes amis ?

— Ma mère, bof ! Mes amis, je n'ai jamais voulu les voir. J'avais trop honte.

— Et ton père alors. Tu sembles tellement l'aimer et lui aussi.

— Mon père était déjà mort à ce moment-là.

— Ah, Zoé, pardon. Je ne savais pas.

— C'est normal. Je ne te l'avais pas dit.

— De quoi est-il mort ?

— Un accident de moto. Je t'ai dit comment il essayait toute sorte de choses. Il voulait tout connaître. Il était comme ça. Il s'était pris d'engouement pour la moto à un âge où normalement il aurait dû préférer une belle voiture de luxe. Il a pris un mauvais tournant sur une route de campagne à trop haute vitesse. Il s'est crashé. Il a disparu comme ça, d'un coup, sans laisser de trace… sans un mot, sans une dernière parole à sa fille adorée. Il a simplement disparu de ma vie…

Les larmes montèrent aux yeux de Zoé, malgré qu'elle les retint comme elle put. Elle s'essuya les yeux du revers de la main en ajoutant.

— C'est la vie, n'est-ce pas.

— Tu n'as jamais voulu remonter en selle, ressayer de faire du *snowboard*.

— Non jamais. Je suis trop orgueilleuse pour revenir glisser sur des pentes de débutants.

— On dit que celle qui a été proche de se noyer doit rapidement se jeter à l'eau par la suite, sinon elle ne pourra plus jamais le faire.

— C'est peut-être vrai pour l'eau, mais pour la neige, c'est une autre paire de manches. Je suis revenue au Lac-Beauport il y a quelques semaines. Juste pour voir, juste pour me souvenir. D'ailleurs, j'ai revu Jessy à cette occasion.

— Et alors ?

— Bien, ça m'a fait du bien de le revoir. Je ne me suis pas montrée très gentille avec lui. J'ai été bête comme mes pieds. Comme c'est un garçon plutôt timide, je lui ai sans doute fait peur. Je ne suis pas certaine qu'il veuille me revoir.

— Il te plaît ?

— Bah ! Je ne sais pas. Je ne suis pas prête à sortir avec quelqu'un en ce moment.

— T'es sûre ?

— Il ne voudra pas de toute façon.

— Rappelle-le. Tu verras bien.

— Tu crois ?

Chapitre 10 : Pierre et ses secrets

Lorsque Zoé arriva ce matin-là, Andréa était au plus mal. Elle souffrait et cela se voyait sur son visage. Elle était restée couchée. Zoé en était maintenant à la dernière semaine de sa peine, mais elle s'était promis de ne pas lâcher sa grand-mère avant la fin. Elle était sensible à son histoire qui lui rappelait la sienne à certains égards. Rien à voir certainement quant au déroulement des événements : nous étions à une autre époque dans d'autres circonstances. Mais elle se sentait proche de cette femme qui ne demandait rien d'autre qu'un peu de bonheur et sur laquelle le sort semblait vouloir s'acharner. Qu'est-ce qui relevait de sa faute à elle ? Était-ce plutôt le destin ? Quand Zoé se projetait dans le futur, elle se posait la question : suis-je vouée à terminer ma vie comme ma grand-mère, malheureuse, aigrie et seule au monde ?

Après sa piqûre de morphine, Andréa avait voulu se lever. On l'aida à s'asseoir dans son fauteuil et on l'installa près de la fenêtre. Zoé s'assied à côté d'elle comme d'habitude. C'était maintenant devenu un rituel. Elle s'était rendu compte que de la façon dont les sièges étaient placés, Andréa parlait plus facilement. On aurait dit qu'elle se racontait à elle-même le fil de sa vie et elle était plus à l'aise de le faire en regardant dehors au loin, comme si elle voyait encore la mer.

Après quelques banalités d'usage, Zoé lui demanda de lui parler de Pierre de nouveau. Andréa lui avait déjà fait part de ce qu'elle savait de sa vie passée par le truchement de Phil, lequel s'était fait un malin plaisir de tout lui raconter à propos de Pierre/Peio. Que s'était-il passé ensuite ?

***

Le printemps 1977 fut hors de tout doute la période la plus sombre de la vie d'Andréa. Lors du passage de Phil pendant le temps de Fêtes, elle avait reçu les révélations sur Pierre comme un coup de poignard dans le cœur. D'abord, elle n'avait pas cru Phil. Il était jaloux, à l'évidence. Elle savait depuis longtemps qu'il était amoureux d'elle, qu'il avait passé très près de lui être promis par son père, que seule la proposition de Miller avait empêché son projet. Non pas qu'elle le détestait, pas à ce moment-là du moins. Il était gentil au moins. Elle l'aimait bien, comme un bon copain sans plus. D'ailleurs, ce n'aurait sûrement pas été son choix de mari si on lui avait laissé la chance de prendre une décision. Toutefois, elle s'en serait sans doute accommodée. Il n'aurait pas été pire que le monstre de toute façon.

Mais ce jour où Phil est venu lui faire des révélations sur Pierre, il avait dépassé les bornes. Vraiment ! Comment osait-il ? Elle était tellement furieuse qu'elle l'avait giflé, un geste aussitôt regretté. Elle était enfin heureuse après des années de malheur et il venait briser cela par jalousie, parce qu'il voulait la posséder à son tour. Elle n'était ni à vendre ni à donner. Phil n'avait jamais compris cela. Même Miller ne l'avait jamais possédée et c'est sans doute ce qui l'irritait au plus haut point à mesure qu'il le comprenait. Il avait eu son corps, mais pas son âme.

Elle prit un certain temps à s'avouer que Phil avait semé le doute dans son esprit. Elle avait passé le plus beau temps des Fêtes qui soit. Pierre découvrait les coutumes du coin avec une joie toujours renouvelée. Il était si curieux. Il voulait tout savoir sur la vie dans la région. Évidemment, ces Fêtes détonnaient avec les autres qu'elle avait vécues auparavant. D'habitude, c'était une période familiale entourée de la parenté immédiate et lointaine, les cousins et les cousines, les oncles, les tantes. Tout le monde que l'on n'avait pas vu pendant l'année essayait de se rencontrer, pour le meilleur et pour le pire. Une période de réjouissance familiale quoi !

Dans le cas d'Andréa et de Pierre, c'était différent. Andréa ne tenait pas à fêter avec ses parents. Elle avait réellement coupé les ponts. Ils l'avaient abandonnée à son sort et elle ne leur pardonnait toujours pas. D'ailleurs, ses parents ne lui reprochaient-ils pas son « concubinage » — un mot qu'ils avaient appris on ne sait où ? Ils n'auraient jamais voulu rencontrer Pierre de toute façon. Pour les autres, il n'était pas question qu'ils osent se montrer avec eux, trop engagés comme ils l'étaient à calomnier le couple comme le reste du village. Andréa et Pierre étaient devenus des persona non grata. Seule tante Jeanne se tenait à leur côté tout ce temps.

Pierre restait une énigme pour Andréa. Il semblait totalement insensible à la médisance. Seule Andréa comptait pour lui, lui disait-il. Quand elle lui avait demandé s'il ne regrettait pas de passer un peu de temps avec sa propre famille, il avait fait semblant de ne pas comprendre. Il s'était cantonné à des généralités : dans son pays, le temps des Fêtes ne prenait pas autant d'importance qu'ici ni les retrouvailles familiales. Il n'avait rien dit de personnel. Il ne disait jamais rien de personnel. Au fond, elle ne savait rien de lui ni de son passé. Cela ne l'avait pas embêtée jusqu'à maintenant. Or le travail de sape initié par Phil avait commencé à faire son chemin. Irrémédiablement.

Ils avaient continué à filer le parfait bonheur les mois suivants. Mais le doute, cette chimère tapie tout au fond de la conscience, était à l'affût attendant son heure pour sortir à la lumière. L'occasion lui fut donnée un beau jour d'avril. Depuis les Fêtes, Andréa s'était montrée plus curieuse qu'à son habitude à l'égard de

Pierre. Quelques petites questions ici et là, innocentes en apparence, sur sa vie d'autrefois. Il lui semblait normal qu'entre deux couples aussi intimes elle en sache un peu plus sur son amant. Phil lui avait raconté tant de choses au sujet de Pierre, mais elle ne savait pas tout. Son changement de nom, par exemple. Pourquoi ?

Ce fameux soir d'avril, Andréa avait un grand événement à fêter. Elle n'avait pas voulu en parler à Pierre, lui demandant simplement de préparer l'un de ces délicieux mets dont il avait le secret. Elles avaient acheté deux bonnes bouteilles au village. Ils étaient en train d'en terminer une et s'apprêtaient à ouvrir l'autre lorsqu'elle lui posa l'une de ses questions banales.

— C'était bon, comme toujours. C'est un mets de chez toi ?

— Oui.

— C'est ta mère qui t'a appris à cuisiner ?

Pierre la regarda, un peu étonné d'entendre une question aussi directe sur sa famille. Andréa ne l'avait jamais fait jusqu'à maintenant, et c'était bien ainsi. Elle n'avait pas à savoir ce qu'avait été sa vie antérieure. Il avait mis son passé derrière lui. Irrémédiablement. Tout ce qui aurait pu le lui rappeler de près ou de loin ranimait de si vives douleurs. Il ne voulait plus y penser ; il ne voulait plus se souvenir. D'ailleurs jusqu'à maintenant, Andréa n'avait jamais insisté pour en apprendre davantage sur lui. Cela faisait partie de ce qu'il estimait chez elle : elle vivait le moment présent et cela lui suffisait... jusqu'à aujourd'hui.

— Pourquoi veux-tu savoir cela ?

— C'est une simple question, mon chou. Qu'y a-t-il de plus normal que d'en savoir plus sur la famille de son amoureux ?

— Ce n'est pas vraiment nécessaire. Il n'y a rien à savoir de toute façon.

Pour la première fois depuis qu'elle le connaissait, Andréa vit que Pierre se mit sur la défensive. Elle l'avait toujours perçu comme un homme sûr de lui que rien ne pouvait ébranler. Et là, une simple petite question sur sa famille semblait carrément l'effrayer.

— Voyons mon chou. Tu connais tout de moi, de ma famille, de ma situation, et moi je ne sais rien de toi. Avoue que c'est plutôt étrange. Ça fait, quoi, presque un an et demi que nous sommes ensemble. Il me semble que tu devrais avoir un peu plus confiance en moi. Non ?

— Voyons ma chérie, la question de confiance ne se pose pas. Tu le sais que je t'aime à la folie. Tu le sais.

— Moi aussi je t'aime. Tu es mon grand amour. Alors, pourquoi cacher des choses à ton sujet ?

— Je ne te cache rien, voyons.

— Ah non ! Tu ne me caches pas que Pierre Ségal n'est pas ton vrai nom ?

— Qui t'a dit une chose pareille ? C'est totalement faux.

C'est précisément ce moment-là que le doute a choisi pour sortir de sa tanière. Ce démon malveillant attendait son heure et elle était venue. Andréa était démontée. Elle n'en revenait pas. Pierre niait l'évidence. Il lui mentait sans vergogne. La colère monta en elle. Elle lui dit.

— Tu t'appelles Peio Loyola, tu es né à Saint-Jean-de-Luz, dans le Pays basque français. Tu étais un riche homme d'affaires qui possédait une entreprise florissante appelée Méduse. Tu veux que je continue ?

Ce fut au tour de Pierre de s'effondrer. Comment avait-elle su ? Il n'était pas aimé au village, mais qui avait été assez méchant ou inconséquent pour révéler son secret à Andréa ? La souffrance qu'il croyait avoir enfouie au fond de lui-même dans une cage fermée à double tour l'envahissait maintenant plus puissante qu'auparavant. Il se leva de table en chancelant, regarda autour comme s'il ne reconnaissait pas la pièce. Il alla prendre son manteau et s'installa dans l'une des chaises berçantes dehors. Il faisait encore froid, mais il n'y avait plus de neige. Il regarda la mer.

Andréa ne l'avait encore jamais vu comme cela, faible, vulnérable comme un enfant pris en faute. Elle alla s'asseoir à ses côtés et attendit le bon moment pour lui demander.

— Pourquoi n'as-tu pas voulu m'en parler ?

— Je ne sais pas... C'était trop dur... J'ai eu peur...

— Tu pensais que je n'aurais pas compris...

Il la regarda avec des yeux tristes comme elle n'en avait jamais vu. Une tristesse infinie.

— Je ne voulais pas que tu saches... je ne suis pas celui que tu crois.

Quand Méduse déposa son bilan, ce fut véritablement une onde de choc dans le pays. Plusieurs centaines d'ouvriers se retrouvèrent à la rue. De nombreux sous-traitants furent aussi acculés à la faillite à cause de l'inconséquence de ce voyou de Loyola qui s'était enrichi au détriment de sa compagnie. Les journalistes en faisaient leurs choux gras, retrouvant Peio dans tous ses repaires, le mitraillant de leurs appareils photo. C'était d'ailleurs l'une de ces photos qui avait mis la puce à l'oreille à Phil.

Peio était totalement désemparé. Il avait vécu jusqu'à maintenant avec le sentiment inébranlable que les étoiles éclairaient sa route. Sa mère avait lu cela dans la Voie lactée. Il la croyait. Il y croyait aussi. Il était le fils prodige. Il était capable de tout accomplir. Il suffisait de le vouloir. Et maintenant, il avait dû vendre sa maison et ses automobiles. Plus aucune banque ne lui faisait crédit. Il se retrouva du jour au lendemain sans emploi, sans avenir, sans personne autour de lui.

Son imprudence avait causé plus que des pertes financières. Il y avait un coût humain énorme. Des familles d'ouvriers se brisèrent, incapables d'assumer les conséquences de leur situation catastrophique. Des hommes tombèrent en dépression, d'autres se jetèrent dans l'alcool. Lui qui se voyait comme le sauveur de toute une population et qui avait l'ambition de l'être pour tout un pays, il tomba de son piédestal avec fracas. Il se rendit compte qu'il n'était qu'un colosse aux pieds d'argile.

En d'autres circonstances, Peio se serait peut-être ressaisi, allant chercher au fond de lui-même les ressources pour se remettre sur pied, pour repartir. Or, un grain de sable inconnu jusqu'alors s'était infiltré dans la machine bien huilée de sa personnalité. Un tout petit grain de sable : la peur ! Peio n'avait jamais eu de doute sur son courage. Il était fort et capable d'affronter tous les obstacles. Il avait été élevé comme cela depuis sa plus tendre enfance. Il s'était construit une image de lui-même de surhomme indestructible. Il se voyait plus grand que nature. Les étoiles le guidaient. Mais avait-il déjà été confronté à une situation semblable auparavant ? On reconnaît un être courageux non pas au fait qu'il n'a pas peur, ni même qu'il n'a jamais été tenté par la lâcheté. Le courage consiste plutôt à surmonter sa peur. C'est à sa façon de gérer la terreur qu'on reconnaît un homme d'honneur. Peio n'était pas certain d'être un homme d'honneur. Il songea à quitter le pays pour fuir ses créanciers, pour se soustraire le plus possible au malheur qu'il avait provoqué.

La goutte qui fit déborder le vase arriva peu de temps après sa chute. Comme un malheur n'arrive jamais seul, il apprit la très mauvaise nouvelle de l'accident ayant coûté la vie à son frère adoré, Iban. Il avait fait une embardée sur la route en allant à son dernier voyage à Rungis. Péio avait beaucoup pleuré.

Peu de temps après, Peio reçut un appel de la gendarmerie. On lui demandait de le rencontrer. Ce qu'on lui apprit à cette occasion lui scia les jambes. Iban n'était pas mort d'un simple accident. Le camion était en ordre, on n'avait trouvé aucune trace de freinage sur la chaussée, la route était droite, il faisait beau et l'autopsie n'avait décelé aucune trace de malaise chez Iban. Le camion avait percuté de plein fouet sans s'arrêter le pilier central d'un viaduc de béton. La conclusion des gendarmes était formelle : Iban s'était suicidé. Iban, son petit frère dont il avait pris soin toute sa vie, qu'il avait juré de protéger, Iban était mort par sa faute, parce qu'il n'avait pas été capable de lui permettre de poursuivre son rêve.

C'est à ce moment précis que Peio est devenu Pierre. Il a décidé de quitter pour toujours son pays. Il partit comme un voleur sans laisser d'adresse, ni à ses parents qu'il avait tant déçus ni à ses deux sœurs, ni aux quelques amis qui lui restaient. On devait perdre sa trace, l'oublier. Il n'existait plus, il était mort. Cela valait mieux pour tout le monde. Au début, il avait tenté de se convaincre que cet acte déshonorant était un acte de compassion. Il voulait épargner les gens qu'il aimait des retombées de sa honteuse situation. Ce n'est plus ce qu'il croyait aujourd'hui.

Quand Pierre eut terminé son récit. Andréa se leva lentement sans dire un mot et monta se coucher, laissant Pierre à son désarroi. Elle ne lui annonça pas qu'elle était enceinte de lui.

***

Andréa venait de confirmer à Zoé ce qu'elle savait déjà : Pierre était son grand-père. Cette découverte ouvrit toute grande une porte sur son histoire personnelle, comme si une pièce d'un puzzle de mille morceaux venait de trouver sa place. Elle en était heureuse, mais trop de questions se bousculaient encore, dont l'une qui tournait à vide dans sa tête : pourquoi ni son père ni elle n'avaient-ils jamais connu Pierre ?

— C'est donc Pierre qui est mon grand-père ?

— Oui.

— Est-ce que mon père le savait ?

— Non. Il ne l'a jamais su. J'ai dit à Elliot qu'il était mort avant sa naissance.

— Mais ce n'était pas vrai ?

— Non.

— Alors, pourquoi le lui cacher ?

— Parce que…. Parce que…

***

À la suite de la soirée fatidique du mois d'avril 1977, Andréa prit une distance de Pierre. Elle avait beau faire semblant que rien n'avait changé. C'était faux. Elle le sentait au fond d'elle. Et Pierre aussi évidemment. Elle était moins joyeuse, moins rayonnante. Les nuits étaient plus froides. Ils dormaient dos à dos sans ne plus faire l'amour ou, quand ils le faisaient, c'était sans enthousiasme. Pierre était profondément malheureux de la situation. Il s'était douté qu'en révélant son passé, il ébranlerait la confiance d'Andréa à son égard. Il lui en avait parlé parce qu'il n'avait pas eu le choix, sans se douter que c'est justement pour son manque de transparence qu'Andréa se détournait subtilement de lui. Pierre avait menti à Andréa. Pourtant, elle n'avait jamais rien demandé et la seule fois où elle l'avait fait, il lui avait menti.

Elle était allée pleurer sur l'épaule de sa tante Jeanne qui avait essayé de la consoler comme elle avait pu.

— Pierre n'est pas celui que je croyais.

— Mais ma Pitchounette, les hommes qui nous aiment ne sont jamais ceux qu'on croit. Ils nous montrent seulement le visage que nous espérons voir. Pour les autres…

— Mais son passé est tellement rempli d'ombres.

— Et alors. Qui n'a pas de passé ? Tu n'en as pas, toi ? Ne me dis pas que tu ne lui as jamais caché quoi que ce soit.

— C'est pas pareil.

— Mais oui, c'est pareil. Moi, il y a des choses que mon Maurice n'a jamais sues sur moi et nous ne nous en sommes pas portés plus mal.

— La différence, c'est que maintenant je suis au courant à propos de Pierre.

— En tout cas, il ne faut pas que tu le laisses dans cet état. Cet homme t'aime profondément et il doit être actuellement très malheureux.

— Oui, je le sais. Mais c'est difficile pour moi aussi.

— Qu'est-ce qui est difficile ? Tu n'as qu'à lui parler.

— Ce n'est pas cela qui est difficile… Ce que je trouve plus dur, c'est ce qui se passe en moi…

— Que veux-tu dire ?

— Je me rends compte que cette révélation a soulevé de vieux démons que j'avais cru disparus.

Andréa avait gardé silence pendant que la veuve Landry continuait son tricot comme si de rien n'était.

— Quelqu'un m'a déjà dit à propos de Pierre qu'il n'était que de passage, qu'il finirait par me quitter, qu'il m'abandonnerait. Je ne l'avais pas cru à l'époque. Mais maintenant... Je ne suis plus certaine...

— Ma pauvre Pitchounette. On dirait que tu reviens en enfance, quand tu faisais tes terribles cauchemars.

Andréa se souvenait avec douleur de cette époque quand elle était petite fille. Tous les enfants ont des peurs incontrôlables. Avant de se coucher, ils se penchent sous leur lit pour voir s'il ne s'y cache pas un farfadet. Ils ne veulent pas entrer dans la garde-robe sombre parce qu'ils croient trouver un être malfaisant derrière les vêtements. Pour Andréa, c'était autre chose, un cauchemar qui la réveillait régulièrement, paniquée. Elle était attachée à un rocher avec une chaîne. Elle était nue. Elle attendait avec angoisse que surgisse de la mer un immense poisson avec des dents énormes. Elle était exposée sans défense à cette créature marine qui dévorait les enfants vivants. Tout le village la regardait du haut de la falaise en ricanant. Ses parents étaient désespérés, mais impuissants. Ils ne pouvaient rien faire pour elle, car c'est eux-mêmes qui l'avaient offerte en sacrifice.

— Tu es tellement sensible, continua tante Jeanne. Ma chérie, tu es la plus adorable des femmes. Qui voudrait te quitter ? D'où te vient cette hantise ? Qu'est-ce qui a provoqué cela chez toi ? Tu as tellement peur qu'on te laisse tomber que cette peur risque de prendre le dessus sur ta confiance en l'autre... Parle-lui, Andréa. Parle-lui.

Andréa avait alors décidé de prendre le taureau par les cornes. Un soir qu'ils écoutaient tous les deux de la musique dans le salon, elle s'approcha de Pierre. Celui-ci voyait bien qu'Andréa avait été troublée par son passé. Il ne savait plus comment se dépêtrer de cette situation. Andréa était la femme qu'il avait cherchée pendant toute sa vie. C'était la femme idéale. Elle était son amante, son amie, sa complice. Oh ! Il était réaliste. Elle n'était pas parfaite. Elle avait entre autres des moments où il ne pouvait pas l'atteindre. Elle se refermait alors sans possibilité qu'il ne puisse jamais avoir accès à sa cache secrète. Il respectait son silence alors. Il l'aimait telle qu'elle était et n'aurait rien voulu changer. Il y avait tant de douceurs en elle... et tant de secrets.

— Il faut que je t'avoue, Pierre. J'ai de la difficulté à passer par-dessus ce que tu m'as dit. Je ne peux pas accepter que tu m'aies menti tout ce temps.

— Je ne t'ai pas menti... mais je ne t'ai pas tout dit. Je craignais que tu me détestes si tu savais.

— Tu ne m'as pas fait suffisamment confiance.

— Tu dois comprendre Andréa. Ce n'est pas une chose facile à dire... J'ai tellement honte de ce que j'ai fait... tellement honte. C'est pour cela que j'ai voulu me cacher au bout du monde... pour mettre mon passé derrière moi, ne plus jamais en entendre parler... et recommencer à neuf.

— Je peux comprendre cela, Pierre. En même temps, les épreuves qui nous arrivent ne dépendent pas toujours de nous.

— Justement, c'est là que tu te trompes. Tout ce qui s'est passé, c'est moi qui l'ai provoqué. C'était mon destin.

On sentait Pierre si écrasé par le fardeau de sa faute qu'il n'apparaissait plus comme le grand homme fort et solide qu'Andréa avait connu. Elle commençait même à s'en étonner et en être troublée. Qui est-il vraiment ? Qui est cet homme assis en face d'elle qui l'avait tant séduite. Avait-elle été charmée par un fantôme ?

— Tous ces malheurs par ma faute. Et mon frère adoré qui se lance sur un pilier d'autoroute à grande vitesse... À cause de moi... je lui avais fait une promesse... il ne m'a pas cru.

Andréa sentit le besoin de se rapprocher de lui. Elle s'assied à ses côtés et lui prit la main. Pierre garda la tête baissée, perdu dans son océan de drames.

— Avec toi Andréa, j'ai retrouvé un peu de ma fierté, de ma dignité. Depuis le début, depuis la toute première fois que je t'ai vue, tu te souviens. Il y eut comme un éclair qui m'a traversé le corps.

— Moi aussi, tu sais. Moi aussi.

— Je te voyais si malheureuse, et je ne pouvais rien faire. Ce qui s'était passé dans mon pays me revenait en bloc : mon impuissance, mon désarroi. Et puis, il t'a battu. Cette brute avait osé lever la main sur toi. J'étais furibond. Comment pouvais-je laisser passer une chose pareille ?

— Je m'en suis aperçu, Pierre. Mais les choses étaient moins graves qu'elles ne le paraissaient de l'extérieur. Avec le monstre, c'était un combat permanent. Lui aussi, je réussissais à le faire souffrir. Il m'est même arrivé de gagner parfois.

— Mais tu étais si malheureuse…

— Oui, c'est certain. Mais que pouvais-je y faire ? C'était mon mari pour la vie.

— Pour la vie… oui… je sais… pour la vie.

Andréa voyait bien que Pierre essayait de lui dire quelque chose. Il n'avait pas fini de révéler ses secrets. Cela lui paraissait évident.

— Pour la vie... c'est comme ça chez nous.

— ... Jusqu'à ce que la mort vous sépare...

— Qu'est-ce qu'il y a, Pierre ? Me cacherais-tu encore des choses ?

Pierre leva la tête, enfin. Son regard était ailleurs, dans un autre univers. Il regarda longuement le foyer éteint et hésita avant de parler.

— J'avais déjà lâchement abandonné mes proches, mes amis. Il n'était pas question que cela se reproduise avec la femme que j'aimais. Non, jamais plus. Tu m'entends, jamais plus je n'abandonnerais les miens à leur sort. Je ne pouvais pas te larguer par lâcheté, comme tout le village l'avait fait. Il n'était pas question de te laisser entre les mains de cet homme abject.

Une petite lueur commençait à germer dans l'esprit d'Andréa. Elle ne l'aimait pas, cette lueur. Elle la détestait même.

— Mon Dieu, mais qu'as-tu fait ?

— J'ai fait ce que je devais faire.

Pierre regardait toujours le foyer devant lui sans oser lever les yeux sur Andréa. Elle commençait à être sérieusement troublée par la conversation. Elle n'osa pas imaginer la suite. Pierre continua sur un ton monocorde, comme une machine programmée.

— Ce jour-là, j'avais embarqué seul avec Miller sur le *Marie-Jeanne*. Tu sais comment Miller aimait bien travailler avec moi. Il avait attendu un autre homme qui ne s'était pas présenté finalement. Il avait décidé de partir quand même. Deux pêcheurs, c'était limite pour une bonne pêche, mais nous étions tous les deux d'excellents pêcheurs. Arrivés à notre point de pêche, nous avons commencé à retirer les *trawls*. À un moment, l'un des treuils s'est enrayé, comme cela arrivait souvent sur le *Marie-Jeanne*. Miller s'est alors précipité vers la corde et a commencé à la tirer à force bras. Il était plié au-dessus du bastingage et était concentré sur son ouvrage. Je me suis alors précipité sur lui, je lui ai attrapé les deux jambes et je l'ai fait basculer par-dessus bord. Il n'a rien vu venir. Comme il ne savait pas nager, il a coulé à pic et n'est jamais remonté à la surface.

Andréa se dégagea précipitamment de Pierre. Elle se leva et recula lentement de quelques pas vers la porte. Elle était horrifiée. Horrifiée. Elle mit ses deux mains sur la bouche pour ne pas échapper un cri et se mit à pleurer.

— Qu'est-ce que tu as fait, mon Dieu ? Qu'est-ce que tu as fait ?

— Je l'ai fait pour toi, Andréa. Pour toi. Il fallait bien que quelqu'un le fasse. Je ne pouvais pas te laisser dans les mains de ce monstre. Il aurait fini par te tuer. Il te tuait déjà à petit feu.

— Non, non, non, non... Ne dis pas cela. Ne dis pas cela.

— J'ai voulu te sauver, Andréa. Te sauver. Te sortir de cet enfer et prendre soin de toi pour toujours. Je t'aime et je ne te laisserai jamais tomber. Tu m'entends ? Jamais.

Zoé fut abasourdie par la révélation de sa grand-mère. Elle venait de découvrir que son grand-père était un assassin. Elle n'en revenait pas. C'était un acte inexcusable, même si un jury aurait pu lui trouver des circonstances atténuantes. D'ailleurs, les motivations de Pierre n'étaient-elles pas ambiguës ? Il voulait protéger Andréa assurément, mais il se donnait par le fait même une belle occasion de l'avoir pour lui tout seul ? Ni tout blanc, ni tout noir.

Andréa resta silencieuse, perdue dans ses rêves et dans ses souvenirs.

— Comment avez-vous réagi ?

— En fait, j'étais sous le choc. Jamais je n'aurais imaginé une telle chose. Des assassinats, ça n'existe pas chez nous. La vie est suffisamment dure comme elle est et les accidents si nombreux que personne n'imaginerait tuer quelqu'un d'autre, même s'il le hait, même s'il a de la rancœur pour lui.

— Vous ne vous étiez doutée de rien ?

— Jamais. Les policiers avaient fait leur travail. Leur rapport était clair : Miller avait eu un accident. Pierre, le seul témoin de la scène, avait raconté que Miller avait mis le pied dans une boucle de l'une des *trawls* sans s'en apercevoir et qu'il avait disparu rapidement. Il n'avait rien pu faire.

— Personne n'a contesté cette version ?

— Non. C'était plausible. Les policiers ont cru Pierre. Du moins, ils ont fait semblant d'y croire. Qui dans le village aurait voulu qu'ils approfondissent davantage leurs conclusions ? En fait, le sentiment de l'époque face à cet accident, c'était du soulagement plus que de la peine.

— Même pour vous.

— J'ai un peu honte de le dire... même pour moi. Ce fut comme si on m'avait enlevé une tonne de briques de mes épaules. Ce fut instantané. Je me suis sentie du jour au lendemain plus légère. J'étais à nouveau libre de mes mouvements, de mes actes. Je pouvais décorer la maison à mon goût, m'acheter ce que je voulais, aller où je voulais, prendre mes petits verres de gin quand je le voulais. La cage de ma prison s'était ouverte.

— Finalement, Pierre vous a libérée.

— Ça, c'est ce que Pierre pensait.

— Pas vous ?

— C'est compliqué.

Jusqu'à maintenant, selon son habitude, Andréa avait raconté son histoire les yeux vers l'extérieur. Maintenant, elle se tourna vers Zoé et ajouta.

— T'es encore jeune, ma petite Zoé. Pour toi, la vie est simple, il y a les bons et les méchants, il a le vrai et le faux. Il y a le bonheur et le malheur. Ce n'est pas ainsi que les choses se passent.

— Vous savez grand-mère, je comprends ça plus que vous ne le croyez.

Andréa examina Zoé avec bienveillance. C'était sans doute l'une des premières fois qu'elle regardait sa petite-fille comme cela.

— C'est vrai que je sais peu de choses de toi, sauf ce que tu as bien voulu me raconter de ta passion pour le, comment dis-tu ? Le *snowboard*, de ton accident… de Jessy. J'ai l'impression que tu as vieilli plus vite que bien des jeunes de ton âge. Je me trompe ?

— Je ne sais pas, grand-mère… je ne sais pas… ce que je peux dire en tout cas, c'est que les choses ne sont pas simples pour moi non plus.

— Mais tu es jeune. Tu as l'avenir devant toi.

— Pour ce que cela m'apporte d'avoir l'avenir devant moi.

— Cela t'apporte une chose précieuse : tu peux encore la changer, ta vie. Moi, je ne l'ai pas fait. Et quand cela fut possible, il était trop tard.

* * *

Andréa était restée plusieurs jours dans un état second. Pierre ne pouvait même plus l'approcher. Il dormait sur le sofa au rez-de-chaussée. Andréa ne parvenait pas à concevoir qu'elle coucherait dorénavant avec un meurtrier. C'était plus fort qu'elle. Pourtant, il était resté le même homme : attentif, prévenant, amoureux. Il faisait tout pour qu'elle lui revienne. Il lui achetait des fleurs, la comblait d'attention. Mais elle se murait dans le silence. Ce fut la période la plus terrible de sa vie.

À un moment, Pierre n'en pouvant plus lui dit.

— Avoir su ce que cela te ferait, je ne t'aurais jamais dit la vérité.

Andréa n'avait pas répondu à cela. Elle ne savait pas ce qui était pire : qu'on lui mente ou qu'on lui annonce un assassinat. Il lui semblait que l'effet était le même de toute façon. Elle avait perdu confiance en lui. Son image d'homme parfait, solide, protecteur venait d'éclater en mille morceaux.

Cela, Andréa aurait été capable de le comprendre. Avec le temps, elle l'aurait peut-être compris. C'était un homme avec ses qualités et ses défauts. Ce qu'elle était incapable d'accepter toutefois était d'une tout autre nature. À tort ou à raison, Andréa pensa que Pierre l'avait trahi. Le soir, sur la galerie de la maison, elle ne voyait plus les étoiles. Ce sont les ténèbres qui l'attiraient, la happaient, l'appelaient irrémédiablement. Elle ne voyait plus l'œil protecteur d'Andromède, même si la constellation était là, immuable et fragile. Lui, il allait la quitter, il l'abandonnerait comme l'avaient fait tous les autres, la laissant seule avec son angoisse.

De son côté, Pierre était désespéré. Tout ce qu'il avait toujours voulu pour Andréa, c'était de la rendre heureuse. Il avait fait d'incroyables sacrifices pour elle, jusqu'à tuer, jusqu'à se mettre à nu en lui révélant l'inconcevable. Il sentait confusément que ce secret, il ne pourrait pas le garder. Andréa était trop intuitive. Elle devinait les failles en lui, les trous béants qu'il aurait tant voulu lui cacher. Il n'était pas ce qu'elle croyait. C'était un homme brisé qui avait perdu son honneur. Avant de connaître Andréa, il se haïssait, se punissait en se cachant dans ce village perdu. Il avait voulu disparaître à jamais aux yeux du monde.

Puis Andréa lui était apparue, belle comme le jour, lumineuse, rayonnante d'une chaleur qu'il croyait ne jamais plus ressentir. Elle lui redonnait vie, lui qui était mort. Il voulait être avec elle pour toujours. Pour lui bien sûr. Il en avait besoin. Mais pour elle surtout. C'était une merveilleuse porcelaine à la fois fragile et résistante, pas comme ces maudits bateaux dans leur bouteille qui se brisaient dès qu'on les touchait. Elle avait besoin que l'on prenne soin d'elle, que l'on s'émerveille devant sa beauté intérieure, qu'on lui dise tout le chatoiement qu'elle portait en elle, qu'on la protège des coups du sort. Elle avait souffert, il le savait. Et il ne voulait plus qu'elle souffre.

Un jour, il lui dit.

— Nous devrions partir d'ici. Nous devrions quitter ce village. Aller ailleurs refaire notre vie.

Andréa ne répondit pas à cette proposition. Elle n'avait jamais pensé à cette éventualité. Quitter ce village qui l'avait vue naître, qui avait fait d'elle ce qu'elle était. Elle n'y avait jamais pensé. Pourquoi ? Rien ne la retenait ici, elle en était consciente. Toutefois, la question n'était pas là.

Après de longues hésitations, elle se décida à venir en parler à tante Jeanne. Elle savait ce que cette femme avait vécu, elle savait qu'elle avait frôlé le désespoir. Elle comprendrait. Elle lui raconta tout à propos de Pierre.

— Cela ne me surprend pas. J'étais sûre qu'il se passerait quelque chose comme ça un jour. Il suffisait de le voir tourner en cage comme un lion lorsqu'il parlait de ce que Miller te faisait. C'était les seules fois où je le voyais perdre ses moyens.

— Qu'en penses-tu ?

— Oh ! tu sais, à mon âge, j'ai cessé de juger les gens.

— Il veut que l'on parte d'ici pour aller ailleurs.

Tante Jeanne attendit la suite en tirant quelques bouffées de sa pipe en plâtre. Andréa continua.

— Comme ça, je devrais faire comme si rien ne s'était passé, comme si je n'avais rien su de ce... Je dois oublier qu'il a... tué mon mari ? Est-ce qu'il pense qu'un simple déménagement suffira par me faire avaler le sirop, en me pinçant le nez comme pour l'huile de foie de morue ?

La pipe renvoyait toujours de bonnes bouffées de fumée, effleurant parfois les narines d'Andréa.

— Je ne crois pas que ce soit un homme fiable, continua Andréa. Je l'ai pensé un temps. Il m'apparaissait si solide, si courageux. Mais il n'est pas fiable. S'il a été capable de quitter ses « êtres chers », comme il le dit, il pourrait le faire avec moi aussi.

— Tu as fabriqué une image de lui. Une image idéale. Tôt ou tard, il t'aurait fallu affronter la réalité. Des hommes parfaits, il n'y en a pas, comme des femmes parfaites d'ailleurs. Il n'existe que de pauvres naufragés perdus qui cherchent le meilleur moyen de flotter sur leur radeau plongé dans un océan le plus souvent cruel.

Andréa savait dans sa tête que tante Jeanne avait raison. Le problème était ailleurs. Il était dans son cœur, dans son âme.

Comment aurait-elle pu accepter la dure réalité ? Est-ce que le temps suffirait ? Elle se voyait de nouveau nue, attachée à son rocher attendant l'heure fatidique de l'arrivée du gros poisson venu la dévorer. Elle ne croyait pas que Pierre puisse la protéger. Elle ne le pensait pas. Elle n'en était pas sûre. Elle n'était plus sûre de rien.

Pierre n'était plus que l'ombre de lui-même. Il se battait contre un vent puissant qui le soulevait de terre. Il n'était pas certain d'être capable de gagner contre cette nature impétueuse qui le projetait vers l'arrière. Il lutta de toutes ses forces avec tous les moyens qu'il avait à sa disposition. Il s'humilierait, la supplierait, tomberait à ses pieds, ce qu'il n'avait jamais fait pour personne auparavant. Il lui donnerait des preuves de son amour. Il irait même jusqu'à se dénoncer si elle le lui demandait. Il assumerait sa faute, quitte à ne pas la revoir avant longtemps. Il l'aimait jusque-là.

Or, il prit finalement conscience que rien ne pourrait plus réparer le tort qu'il lui avait causé. Elle ne le regarderait plus jamais de la même façon. Il avait cassé en elle un ressort essentiel au bon fonctionnement de son mécanisme complexe. Rien ne pourrait le réparer. Il en était resté pantois, assommé par sa prise de conscience. Il comprit que de vouloir la garder auprès de lui ferait encore plus de tort à celle qu'il aimait plus que tout. Elle en arriverait à s'étioler comme une belle rose au crépuscule. Il se convainquit enfin qu'il ne pourrait jamais plus la rendre heureuse.

Il devait s'éloigner d'elle. Pour la sauver. Car il était incapable de la sauver en restant proche d'elle. Au contraire, elle serait perdue à jamais. Pour la sauver, il devait se sacrifier.

Ce dernier sacrifice allait lui arracher le cœur.

Quand Andréa entra à la maison ce jour-là, Pierre terminait de faire ses bagages. Elle le regarda en silence descendre les quelques sacs qui contenaient toute sa vie. Andréa pleurait à gros bouillon, ne sachant quoi dire ni quoi faire. Lui aussi pleurait. Elle ne l'avait jamais vu pleurer. Arrivée en bas. Il lâcha ses deux sacs, s'approcha d'elle et l'entoura de ses bras et la serra si fort, si fort. Seul Dieu pouvait savoir ce qu'il y avait de grand et de puissant dans ces deux corps enlacés. Pierre sanglotait. Elle aussi. Ils ne se dirent pas un mot. Pas un seul mot.

Il reprit ses sacs et sortit. Andréa le regarda partir par la fenêtre jusqu'à ce qu'elle ne le voie plus. Puis, elle poussa un cri en mettant son poing dans la bouche, un cri qui venait de si loin, du fond des âges.

Elle ne le retint pas.

Chapitre 11 : La fin d'Andréa

Zoé trouva si triste cette fin brutale. Il n'était pas certain qu'elle comprenne pourquoi Andréa et Pierre s'étaient quittés ainsi. Andréa ne pouvait-elle pas lui pardonner ? N'auraient-ils pas pu se réconcilier ? Les adultes faisaient parfois des choses qui la dépassaient. Pourquoi son père avait-il voulu pousser ses limites en moto ? Qu'avait-il à y gagner ? Ou que fuyait-il ?

— Je suis si désolée de ce qui vous est arrivé, grand-mère. Vous auriez pu être heureuse avec lui.

— Je l'ai été, ma petite Zoé. Oh oui. Je l'ai été. Je me souviens encore aujourd'hui de chaque moment heureux passé avec lui.

— Ne pouviez-vous pas lui pardonner ?

— Pas à ce moment-là. C'est certain. Il m'avait fait trop mal.

— Est-il resté au village ?

— Non, non. Il est immédiatement parti pour ailleurs. J'ai appris un peu plus tard qu'il était devenu marin professionnel sur des cargos qui sillonnaient le monde.

— L'avez-vous revu ?

— Non jamais. Et je le regrette aujourd'hui. Amèrement. Il m'a écrit quelquefois pour me donner des nouvelles. Il terminait toujours ses lettres en me disant : « Je t'attends ». Je ne lui ai jamais répondu.

Andréa avait les yeux pleins d'eau en regardant dehors. Zoé s'en aperçut. Elle vint chercher la boîte de mouchoir de papier. Andréa s'essuya avec précaution. En la regardant, Zoé ne put s'empêcher de penser que la vie réservait parfois tant de surprises. S'il y avait beaucoup d'amours imparfaites, d'autres paraissaient impossibles. Pierre et Andréa s'aimaient trop. Ils étaient comme deux astres qui se tournent autour sans jamais se toucher. Le risque était trop grand. S'il arrivait que l'attraction soit trop forte, ils provoqueraient inévitablement un trou noir.

— Et vous, qu'avez-vous fait par la suite ?

Andréa se retrouva seule de nouveau après le départ de Pierre. Elle passa un certain temps à tourner en rond dans sa maison. Une nuit qu'elle ne dormait pas, elle entendit le vent qui ébranlait la structure : les volets cognaient, la maison craquait. Elle s'était habituée à ce phénomène avec le temps. Mais cette nuit-là, elle en eut assez. Pourquoi rester ici ? Ce maudit vent sera toujours là, cette maudite maison sera toujours là, ce maudit village sera toujours là. Tous ces gens et toutes ces choses immuables, indifférents à son malheur. Rien ne changera jamais.

Le lendemain, elle avait pris sa décision. Elle alla rencontrer tante Jeanne, sa seule véritable amie. Elle lui annonça la nouvelle. La veuve Landry ne se montra pas surprise, encore une fois. Cette femme connaissait son destin mieux qu'elle-même. Dans le village, on la traitait de sorcière et Andréa n'était pas loin de le croire aussi.

— Tu as raison. Il faut partir... Puis, tu n'es plus seule maintenant.

Andréa était déjà enceinte de plusieurs semaines. Évidemment, elle avait appris dès le début à sa tante ce qui lui apparaissait alors comme la meilleure nouvelle qu'elle ait jamais reçue. Mais maintenant tout était différent. Elle ne savait plus.

— Je ne sais pas, ma tante...

— Qu'est-ce que tu ne sais pas ?

— Un enfant de Pierre !... Je ne sais pas si j'aurai la force...

Andréa n'avait jamais pensé à un arrêt de grossesse. D'abord cet acte était illégal au Canada à ce moment-là. Mais surtout, ses principes catholiques lui interdisaient de même en avoir l'idée. Elle se sentait de nouveau piégée. Ce qui aurait dû être un pur moment de bonheur se transformait maintenant en un poids qui venait s'ajouter à son malheur.

— Puis, je ne te verrai plus...

— J'en serai triste aussi, ma pitchounette. Mais je m'en remettrai. Toi, il faut que tu fasses ta vie. Il y a encore de beaux jours qui t'attendent.

— Je n'en suis pas aussi certaine que toi, ma tante.

Andréa n'aurait pas su si bien dire. Elle partit pour Québec après avoir fait ses adieux à ses parents sans ne leur avoir jamais pardonné. Ces derniers sont décédés à quelques mois d'intervalle plusieurs années plus tard ; ils n'ont jamais su qu'ils étaient grands-parents. Andréa avait fait jurer à tante Jeanne de garder son secret.

Andréa donna naissance à un petit garçon en décembre, en pleine tempête de neige. Elle le prénomma Eliott. C'était un beau bébé solide et déjà plein de vie. Rapidement, Andréa lui trouva une ressemblance frappante avec son père. Plutôt que de la réjouir, cette similitude la plongea encore plus dans le désarroi. Elle se mit à penser que le reste de sa vie se passerait à côtoyer cette image parfaite de celui qu'elle avait tant aimé. À partir de ce moment-là, les petits verres de gin s'accélérèrent et devinrent indispensables.

— Parlez-moi de papa, grand-mère.

— Je n'ai pas seulement raté ma vie, ma petite Zoé, j'ai aussi raté la sienne.

Andréa avait fait le parcours accéléré pour adulte de la formation d'infirmière. Elle était douée. Elle fut engagée rapidement dans un hôpital de Québec. Cela lui permit de se remettre à flot. Elle avait quitté précipitamment le village. Seule tante Jeanne connaissait sa nouvelle adresse. Évidemment, la rente de son défunt mari n'entrait plus, la banque ne sachant où adresser les montants. De toute façon, elle ne voulait plus rien avoir à faire avec le monstre, même mort.

C'était dans sa nature profonde d'aider les autres. Elle le savait depuis qu'elle était toute petite. Andréa se prit d'intérêt pour son travail d'infirmière. Ce métier lui permit de sortir d'elle-même. Elle soignait des corps qui souffraient plus qu'elle. Mais elle dépérissait. Elle buvait trop. Beaucoup trop. Elle se noyait dans l'alcool, le seul remède qu'elle connaissait pour oublier.

— Vous n'aimiez pas mon père.

— Oh non. Ça, c'est faux. C'est faux.

— C'est ce qu'il a dit à maman.

Andréa se remit à pleurer de plus belle. Elle était si triste, si triste.

— Il me rappelait tellement son père. Plus encore en grandissant. Chaque fois que je posais les yeux sur lui, une aiguille me traversait le cœur. Eliott était un enfant si joyeux, si vivant aussi. Il attendait de sa mère ce qu'elle était incapable de lui donner.

— De l'amour ?

— Non, ça je le lui donnais… comme je pouvais. Je dirais plutôt de la reconnaissance. Tous les enfants ont besoin qu'on leur manifeste de la fierté, qu'on reconnaisse leurs qualités, leurs bons coups. Ils en ont besoin pour se développer. J'en ai été incapable. Eliott me rappelait trop son père.

— Pourtant, il a fait tout à fait l'inverse avec moi. Il me répétait sans cesse comment il était fier de moi.

Andréa regarda Zoé avec le même air de bienveillance.

— Il a réussi là où j'ai échoué, il me semble.

— Ça, ce n'est pas certain, grand-mère. Non, pas certain du tout.

Andréa s'enivrait de plus en plus souvent, allant jusqu'à délaisser son petit garçon. Parfois, il ne mangeait même pas, se contentant de grignoter ce qu'il y avait dans le frigo. Il était encore petit quand il la ramassait parfois à la petite cuillère à la fin de la soirée, la nettoyait, la mettait au lit. Quand elle était dans cet état, Andréa était si désagréable envers lui. Comme tous les alcooliques quand ils ont dégrisé, elle s'excusait en promettant que cela ne se reproduirait plus. Mais les choses avaient été de mal en pis.

Eliott, comme tous les enfants, aimait sa mère. Comme il l'avait pratiquement toujours connue ainsi, il avait longtemps cru que c'était l'état normal de toutes les mères. Quand elle était ivre à en perdre la tête, il arrivait à Andréa de lui dire tout doucement en lui flattant la joue : « Pierre, mon chou. Tu es revenu ? ». Le lendemain, il la questionnait sur ce Pierre, lui demandant si c'était son père. Andréa disait qu'elle ne le savait pas de qui il s'agissait. Elle lui avait déjà menti une fois en lui affirmant qu'il était mort peu après sa naissance d'un accident de pêche.

Il arrivait qu'elle fasse peur à l'enfant sans le vouloir bien sûr. Elle l'amenait sur le Cap-Diamant après une soirée bien arrosée, se souvenant alors avec nostalgie de Pierre au temps où il s'appelait toujours Peio. La mère de Peio l'emmenait voir les étoiles la nuit, au bord de la mer. Andréa s'asseyait dans l'herbe avec Eliott. Il avait une dizaine d'années, il avait froid, c'était la nuit et il se demandait ce qui se passait. Pour une rare fois, elle se serrait contre lui, lui entourant les épaules de son bras. Elle lui faisait regarder les étoiles, lui nommait les constellations, pointait Andromède, lui disait qu'elle veillait sur lui. Elle lui racontait que son destin était tout tracé dans la Voie lactée. Il n'avait qu'à lever la tête pour l'entrevoir.

Pourquoi faisait-elle cela ? Eliott ne comprenait pas. Il avait peur. Dans son délire, Andréa entrevoyait l'importance pour son fils de renouer d'une quelconque façon avec ses racines. Il n'avait pas connu son père. Elle avait trouvé ce moyen, bien bancal il faut le dire, de rattacher son fils à lui. Cela n'avait pas été une réussite, à l'évidence.

Elliot avait seize ans lorsque sa mère perdit son emploi. Les choses s'étaient alors précipitées pour lui comme pour elle. Elle avait dû déménager dans le seul appartement qu'elle avait pu se payer avec ses revenus de l'assistance sociale. Eliott n'avait pas voulu aller avec elle. De toute façon, il n'y avait pas de place pour lui. Il commençait à en avoir assez de sa mère et de ses frasques. Eliott était un garçon débrouillard qui fut rapidement capable de gagner sa vie avec des petits boulots pendant qu'il étudiait. Il s'était trouvé une colocation avec quelques copains et s'arrangeait même mieux qu'au temps où il était avec sa mère.

Elliot avait continué à voir sa mère de temps en temps. Il avait même dû parfois aller la cueillir au poste de police où elle cuvait son vin dans une cellule après avoir insulté les forces de l'ordre ou fait d'autres incartades de la sorte. Lorsqu'il avait commencé à sortir sérieusement avec la mère de Zoé, il avait déjà définitivement coupé les ponts. Il s'était fait une raison. Il s'était dit que c'était comme si sa mère était morte.

— Mon pauvre petit, dit Andréa. Pauvre petit. Je l'ai fait souffrir et il ne le méritait tellement pas. Rien n'était de sa faute. Je suis une pauvre folle !

— Vous étiez si malheureuse... Sachez qu'Eliott s'en est très bien sorti. Il avait trouvé un bon métier. Il avait le don de se faire plein d'amis. Il avait réussi à tracer sa voie... il avait trouvé sa destinée dans la Voie lactée...

Zoé avait souri en disant cela. Andréa lui avait rendu son sourire. Cette petite fille était comme du miel qui coulait sur son pauvre cœur desséché et mourant.

— Et je pense aussi qu'il aimait énormément sa fille...

— C'est bien vrai. C'était le père idéal... idéal... Il a juste eu le malheur de partir trop tôt.

Zoé était maintenant au bord des larmes. Andréa lui dit.

— Eliott, il tenait de son père. Pierre avait tant d'amour à donner. Il y avait tant d'amour en lui. Cette capacité d'aimer, c'était dans les gènes d'Eliott. Il ne pouvait pas faire autrement. Il t'en a fait profiter le plus qu'il a pu. C'est à ça maintenant que tu dois penser. Pas à ce que tu n'as plus, mais à ce qu'il te reste de lui.

Un mois plus tard, Zoé reçut un appel du CHSLD. Elle retournait là-bas occasionnellement depuis que son temps de peine judiciaire était terminé. Andréa faiblissait à vue d'œil et avait mal. Elle restait le plus souvent couchée. Il arriva que Zoé lui tienne la main pendant qu'elle dormait.

Zoé fut reçue par Marie à la résidence.

— Tu m'avais demandé de t'appeler lorsque nous y serions. Madame Andréa ne passera pas la nuit.

Zoé se dirigea vers la chambre. Devant la porte fermée, Phil se tenait là, debout, n'osant pas entrer. Il était totalement dévasté.

— Ah Zoé. Elle ne va pas bien. Pas bien du tout. Dis-lui que je suis là… dis-le-lui, hein !…

Zoé lui mit la main sur le bras en signe de soutien, puis elle poussa la porte. Elle tira une chaise jusqu'au lit, s'assied et regarda Andréa qui avait les yeux fermés. Une odeur de mort régnait dans la pièce.

À un moment, Andréa ouvrit les yeux. Peut-être avait-elle senti la présence de Zoé.

— Ma petite Zoé.

Zoé ne répondit pas, mais on voyait bien sur son visage les émotions qui l'étreignaient.

— Ta vieille grand-mère s'en va maintenant. Je repars vers les étoiles d'où je suis venue.

Zoé se souvenait de l'importance que prenait la voûte céleste pour Andréa. Elle avait passé tant de temps à la contempler, à se faire réconforter par Andromède, à se perdre dans le néant des ténèbres infinies. Elle allait bientôt connaître tous ses secrets.

— Je vais le retrouver… enfin.

Andréa venait de donner une réponse à l'une des interrogations de Zoé. Elle s'était demandé si son grand-père était encore vivant, bien qu'elle en doutât.

— Depuis quand est-il décédé ?

— Oh, il y a bien une vingtaine d'années. J'ai reçu une lettre d'un hôpital de Hong-kong. Il avait été admis dans un sale état. C'est ce que j'en ai compris. Il avait un cancer qu'il n'avait pas voulu soigner.

Zoé se demanda alors comment elle aurait réagi si elle avait pu rencontrer cet homme. Ce qu'elle en savait lui conférait une aura particulière. Un homme au destin exceptionnel stoppé dans sa route vers l'absolu. Il était comme ces météores qui frappent d'autres objets célestes, éclatant en mille morceaux pour former les Perséides.

— Était-il resté en contact avec vous ?

Le visage d'Andréa se tordit de douleur. Elle avait mal.

— Je vais appeler.

— Non. Non. J'ai encore des choses à te dire. N'appelle pas tout de suite.

Andréa bougea un peu dans son lit, comme pour trouver la posture idéale. Zoé lui replaça ses oreillers, la prit par les aisselles et la remonta un peu.

— Tu es très forte ma petite, dit Andréa avec un semblant de sourire. Oui, j'ai reçu plusieurs lettres au cours des années. Pas beaucoup. Il avait réussi à obtenir mon adresse par tante Jeanne. Pauvre tante Jeanne, elle aussi est partie retrouver son Maurice.

Zoé se mit à réfléchir à la situation dans laquelle Andréa se trouvait. Elle était vraiment toute seule. Plus de parents, plus d'amis. Plus personne. Elle n'avait rien gardé de sa vie. De toute façon, qu'avait-elle reçu d'elle? Elle partait complètement nue comme au jour de sa naissance.

— Quand grand-père t'écrivait, il te disait ce qu'il devenait?

— J'ai appris qu'il avait beaucoup voyagé. Sur des cargos. Quand son contrat finissait avec l'un, il repartait sur un autre. Il avait fait tous les ports du monde, je crois bien. Ses lettres me faisaient du bien, mais elles m'enfonçaient une lame dans le cœur tout autant. Il terminait toujours par un « je t'attends, mon amour ». Elles me tuaient, ces lettres!

Zoé comprenait l'état d'esprit de sa grand-mère. Andréa avait essayé de tourner la page sur son bonheur, mais elle en était incapable. Elle était pétrie de remords. Elle avait cru que de s'éloigner était la meilleure solution. Le temps arrangerait les choses. Mais c'est faux. Le temps n'arrange rien du tout. Elle avait laissé partir son amour en croyant que c'était la chose à faire. Elle était convaincue aujourd'hui que ce fut une erreur fatale.

— Vous lui avez répondu ?

— Chaque fois, j'ai été tentée de le faire.

— Mais vous ne l'avez pas fait.

— Non. Plus le temps passait, plus je me disais qu'il était trop tard de toute façon. Je n'étais plus la même femme qu'il avait connue. J'étais laide. J'avais perdu... comment disait-il... ma « luminosité » ? Il avait de ces mots parfois : ma luminosité ?! Je n'ai jamais trop compris ce qu'il voulait dire. En tout cas, je n'avais plus cette chose en moi. Je me débattais plutôt avec la noirceur. Il n'aurait pas aimé du tout ce qu'il retrouverait.

Le visage d'Andréa se tordit encore de douleurs. Elle changea de position et ferma les yeux, comme pour passer un message à son mal : « Attends. Attends encore un peu ». Elle resta ainsi pendant un bon moment. Son visage finit par se détendre un peu. Elle rouvrit les yeux. Zoé fut surprise de voir le peu de vie qui restait dans son regard.

— Grand-mère. Je peux te demander une faveur ?

— Tout ce que tu voudras, ma petite.

— J'aimerais beaucoup que tu rencontres Phil. Il t'attend derrière la porte.

Le visage d'Andréa se crispa, mais pas de douleur cette fois.

— Grand-mère, Phil t'aime toujours. Tu ne peux pas lui faire ça. Tu ne peux pas le quitter sans au moins l'avoir vu.

Andréa fixa Zoé dans les yeux. Sa bienveillance habituelle à son égard se transforma en un sentiment indéfinissable. Elle se reconnaissait en elle à son âge. Elle voyait en Zoé la meilleure partie d'elle-même.

— Zoé, tu es une fille spéciale, tu sais. Très spéciale.

— Alors ? dit Zoé en lui souriant.

— Pour toi, je veux bien.

Zoé sortit. Phil était toujours à la porte, la tête baissée, se lavant les mains avec le même savon imaginaire. Dès qu'il vit sortir Zoé, il porta sur elle un regard plein d'espoir. Elle lui fit signe d'entrer. Il se précipita vers Andréa, s'arrêtant tout juste devant son lit, ne sachant pas quelle attitude prendre.

— Salut Phil, dit Andréa d'une voix éteinte.

— Allô Andréa… il y a longtemps…

— …

— Je suis si… désolé de te voir comme ça, Andréa. Si désolé…

— Tu n'as pas à l'être Phil. Il faut bien que la vie se termine un jour.

Phil se mit à pleurer comme un enfant. Il en avait perdu sa contenance et son talent de conteur. Les mots lui échappaient.

— Si tu savais comme je regrette, Andréa. J'ai tellement de remords, si tu savais.

— …

— Je t'aimais tellement… je t'aime tellement… J'étais si jaloux… Jamais je n'aurais dû… Jamais je n'aurais dû…

Andréa le regarda de ses yeux presque sans vie. Pour elle, cela n'avait plus aucune importance.

— Ce qui est arrivé devait arriver. C'était le destin, dit-elle dans un souffle.

— Ne dis pas ça. C'est de ma faute. Je ne savais pas comment te dire que nous étions faits l'un pour l'autre.

— …

— Ça m'a pris du temps, mais j'ai finalement compris que si je t'aimais tant… je devais te laisser aller… Si je voulais ton bonheur, je devais accepter qu'un autre te rende heureuse. Si ce ne devait pas être avec moi, tant pis. Du moment que tu étais heureuse.

— Ça n'a pas été une réussite, comme tu vois.

Phil continua à pleurer de plus belle.

— Tout ce que je voudrais maintenant, c'est que tu me pardonnes.

Andréa avait été émue par les paroles de Phil. Elle l'avait tant détesté pour ce qu'il avait fait. Mais tout cela n'avait plus d'importance. Elle lui demanda de s'approcher. Elle leva un bras et lui dit : « embrasse-moi, va », Phil l'entoura de ses bras très délicatement, comme on fait lorsqu'on tient une fleur fragile. Elle n'avait plus que les os et la peau. Andréa ajouta.

— Ne pleure pas !

Phil la regardait avec tant de détresse. Andréa esquissa un sourire.

— Te souviens-tu, autrefois, quand nous étions petits ? Tu me suivais partout où j'allais. Puis, tu pleurais lorsque je ne voulais pas.

— Oui, je me souviens, dit Phil avec un sourire à travers ses larmes. Tu me disais alors : « Ne pleure pas, petit Phil. Nous irons demain. Demain, nous irons chercher ensemble des buccins sur la plage ».

Phil se redressa. Il regarda Zoé. Il y avait tant de tristesse dans ses yeux. Ne perdait-il pas ce qui l'avait maintenu en vie depuis si longtemps ? Zoé percevait aussi du soulagement. Andréa lui avait pardonné. Voilà ce qui comptait le plus pour lui. Elle lui avait pardonné. Il regarda de nouveau Andréa, lui fit un baiser à la volée, lui lança un « je t'aime » silencieux des lèvres et tourna les talons en sanglotant.

Il se sentait incapable de la regarder mourir.

Chapitre 12 : Le legs d'Andréa

Zoé était assise sur le petit sofa dans son studio d'étudiant. Elle avait déposé sur la table une boîte de chaussure brune. Elle la regardait fixement. Elle lui avait été remise par Marie lorsque Andréa était décédée. Il y avait dans cette boîte tout ce qu'Andréa possédait sur terre. Elle n'avait presque plus rien à donner. Ni argent bien sûr, ni meubles, ni vêtements, ni bijoux. Tout ce qui lui restait était là, devant elle. Et Andréa avait voulu le laisser à Zoé. C'était son héritage. Le legs d'Andréa tenait tout entier dans ce carton ridicule.

Zoé assista à ses derniers moments. Elle lui avait tenu la main jusqu'à la fin. Andréa souffrait terriblement, mais résista le plus longtemps possible avant sa piqûre de morphine. Elle s'accrochait à cette vie qui pourtant ne lui avait pas fait de cadeau. Elle avait encore quelque chose à dire à Zoé. Il lui fallait terminer le récit de sa vie. Conclure.

Quand Phil eut quitté la chambre, Andréa se tourna vers Zoé.

— Zoé, ma petite fille… T'es belle, tu sais… Pas seulement en dehors… Mais en dedans aussi… Ton grand-père tout craché.

Zoé sentait qu'il fallait garder le silence. Le monologue d'Andréa était de plus en plus saccadé. Elle cherchait son souffle.

— Ça m'a pris bien du temps, Zoé... bien du temps... pour comprendre. J'étais pourtant née... pour le bonheur...

Andréa s'arrêta de parler durant de longues minutes. On voyait bien dans ses yeux qu'elle était en train de dérouler le fil de sa vie. Elle regardait la mer, au loin. L'horizon l'attirait. Qu'y avait-il là-bas ? Elle était effrayée de ce qu'elle pourrait y trouver.

— Mais ce poisson, avec ses dents monstrueuses, qui sort de la mer... il est toujours là..., il me regarde, il m'attend... je ne peux pas lui échapper... il vient me dévorer.

Zoé voyait bien Andréa dériver vers sa fin. Elle comprit toutefois que son délire avait un sens et décida de l'encourager à continuer.

— C'est qui, ce poisson, grand-mère ?

— Pas c'est qui... mais c'est quoi ?

Andréa reprit son souffle. Ses énergies la quittaient tout doucement. Elle grimaçait de douleur.

— Il y en a plusieurs de ces poissons répugnants... plusieurs... Ils remontent du fond de l'océan pour me dévorer. Mais... ce n'est pas ces poissons qui m'effrayent le plus... Ce que je n'ai pas pu supporter... toute ma vie... ce qui m'a pourri la vie... c'est que personne n'a rien fait pour me sauver... j'ai été abandonnée...

abandonnée… on m'a regardé affronter ces poissons immondes aux grandes dents et moi, enchaînée au rocher, j'étais impuissante. Personne pour me sauver.

Zoé regarda Andréa grimacer de douleur. Elle s'apprêtait à appeler l'infirmière lorsque Andréa leva la main en disant non de la tête.

— Personne n'a rien fait… sauf Pierre…

Une lueur passa dans les yeux d'Andréa, l'une des rares lueurs apaisantes depuis des jours, des semaines.

— Lui, il est venu me sauver… C'est l'homme le plus courageux que je connaisse. Il est venu me sauver… mais… mais… tout ce que j'ai trouvé à faire, c'est de l'éloigner de moi…

Une autre grimace de douleur lui barra le front. Andréa n'avait même plus la force de rapprocher ses mains pour se tenir le ventre.

— Je n'ai pas voulu de son salut… je n'ai pas voulu qu'il me sauve… Il y avait quelque chose en moi… qui résistait… je ne sais pas quoi… ça venait de loin… du fond de la mer… ou des étoiles… la lueur d'Andromède n'était pas assez forte pour éclairer les ténèbres…. Ahhhhh. Ahhhhh !

Zoé sonna l'infirmière. Elle arriva rapidement avec sa seringue. Tout était prêt pour cette dernière piqûre. Elle lui injecta et le visage d'Andréa se détendit. Avant de sombrer, elle fit un signe à Zoé de se rapprocher tout près. Elle voulait lui dire quelque chose. Zoé colla presque son oreille sur la bouche d'Andréa. Celle-ci lui murmura des mots que l'infirmière n'entendit pas. Zoé s'écarta doucement d'Andréa et des larmes lui emplirent les yeux.

Zoé se rassied, prit la main d'Andréa maintenant inerte. Elle la couvrit ainsi pendant tout le temps que dura l'agonie, la sentant refroidir à mesure que la respiration d'Andréa ralentissait. Zoé eut envie de prier pour elle. Mais elle ne savait pas qui prier : le Bonhomme en haut ? Les étoiles et les galaxies ? Alors, elle se mit à chantonner doucement :

> *Ô nuit ! Toi qui fais naître les songes*
> *Calme le malheureux qui souffre en son réduit*
> *Sois compatissante pour lui.*
> *Prolonge son sommeil, prends pitié de sa peine*
> *Dissipe la douleur, nuit limpide et sereine.*
> *Est-il une beauté aussi belle que le rêve ?*
> *Est-il de vérité plus douce que l'espérance ?*

Puis Andréa s'éteignit doucement. Son dernier souffle fut comme un long soupir. Enfin, elle était soulagée, elle ne souffrait plus. Enfin, elle était partie vers les étoiles.

Zoé avait reçu un appel de Phil le lendemain de la mort d'Andréa. Il voulait connaître ses intentions quant à sa dépouille, Zoé étant sa plus proche parente. Elle n'en avait aucune idée. De toute façon, elle ne pouvait pas payer les funérailles. Phil lui proposa de s'occuper de tout. Il la ferait incinérer et irait jeter ses cendres dans la mer, en face de son village natal. Elle trouva l'idée bonne et avait accepté de signer un formulaire à cet effet. Il lui sembla qu'Andréa devait bien cela à Phil.

Deux jours plus tard, Zoé alla rencontrer Marie. La résidence avait déjà fait le nécessaire pour la morte. La chambre était vide, nettoyée, prête à recevoir une autre « bénéficiaire ». Marie lui avait remis la boîte de chaussure. C'était la volonté d'Andréa qu'elle lui revienne. Voilà tout ce qui restait de cette femme. « C'est tellement triste ! » lui dit Marie.

Zoé se pencha maintenant sur la boîte et enleva le couvercle. Il n'y avait presque rien. Elle prit d'abord la statuette de corail, le cadeau de Pierre. Elle savait que c'était l'objet le plus précieux pour Andréa. Elle se leva et alla la placer bien en évidence sur le rebord de la fenêtre de façon à ce que le personnage regarde dehors. Elle sortit également une paire de boucles d'oreille. Zoé ne l'avait jamais vu les porter. Si elle avait gardé ce seul bijou, c'était sans doute parce qu'Andréa l'avait reçu de Pierre. Des perles, bien sûr. Un présent de la mer, le premier cadeau qu'un homme amoureux offre à une femme. Zoé passa les boucles d'oreille dans ses lobes percés.

Ce qui restait était bien peu de choses en somme. Quatre ou cinq lettres attachées par un ruban, toutes dans leur enveloppe

274

d'origine avec le timbre de la poste : Buenos Aires, 1980 ; Kuala Lumpur, 1985 ; Singapour, 1990, Valparaiso, 1996. Des ports de mer. Aucun d'Europe. Pierre n'était vraisemblablement jamais revenu chez lui, en France, dans son Pays basque natal.

La dernière lettre datait de l'an 2000. Elle provenait d'un hôpital de Hong Kong. Zoé la sortit et l'ouvrit. C'était une lettre écrite en anglais à la main, très brève. Il s'agissait de l'infirmière-chef du département où Pierre était décédé. Pierre n'avait laissé que cette seule adresse avant de mourir, écrivait-elle. Elle annonçait d'un ton neutre et professionnel qu'il était mort paisiblement et qu'il n'avait pas souffert. Pas souffert ! Que pouvait-elle en savoir ?

Zoé prit le temps de lire les autres lettres. Pierre n'écrivait pas souvent. Il disait que sa situation ne le permettait pas. Il devait poster ses lettres dans les ports où il s'arrimait suffisamment longtemps pour prendre un peu de repos. Il était de la vieille école, écrivant des lettres manuscrites. Vraisemblablement, il ne voulait rien avoir à faire avec les machines à écrire ou autres machins qui tuaient la sensualité de la main. Pour écrire à Andréa, il devait le faire avec la plume qu'elle lui avait offerte aux jours de bonheur.

La dernière lettre avait été postée à Valparaiso. C'était de loin la plus émouvante selon Zoé. Savait-il que ce serait sa dernière ? C'était une lettre courte comme les autres. Pierre n'était pas plus bavard à l'écrit qu'à l'oral, même s'il savait trouver les mots quand il le voulait.

Zoé la relit plusieurs fois.

Valparaiso, 10 janvier 1996

Mon amour, mon adorée,

C'est aujourd'hui notre anniversaire. Vingt ans. Ce fut le plus beau jour de ma vie. Tu avais mis ta belle robe vert forêt, la même que lorsque tu m'as accueilli la première fois. Tu la portes à merveille. Que tu es belle ! Je revois tes yeux lumineux, bleu comme la mer. Tes cheveux blonds, des blés prêts à être cueillis. Ton visage si doux. J'entends ta voix qui m'a tant charmé dès le début. Il y a dans cette voix du miel sauvage.

Tu te souviens comme nous étions mal à l'aise tous les deux. J'ai déposé mes sacs et tu m'as offert une tasse de café au salon, comme pour n'importe quel invité. Tu t'es assise devant moi. Je crois bien t'avoir vu trembler un peu. Le foyer était en face de moi. Les bateaux dans leur bouteille avaient disparu. Ne restait, perdue sur le rebord de la cheminée, que ma statuette de corail. Elle était laide cette statuette ? Tu semblais pourtant la trouver merveilleuse. Tu as ce don de l'émerveillement qui me fascine, toujours prête à voir le bon côté des choses, des autres.

Cette nuit-là fut l'une des plus belles de ma vie, même s'il y en eut beaucoup d'autres par la suite. Cet accord parfait, je ne l'ai jamais ressenti avant. Chaque fois, le ciel s'ouvrait, s'éclaircissait. Je m'envolais avec toi vers le soleil. Nous étions ailleurs, loin là-haut. Seuls tous les deux au-dessus du monde. L'union totale, indestructible.

Un amour comme celui-là ne peut pas s'éteindre, mon adorée. Toi et moi, nous sommes plongés dans le même fleuve. Nous suivons son courant si fort. Même si nous le voulions, nous ne pourrions pas lutter contre lui. Je te tiens par la main, mon amour. Partout où je suis dans le monde, à tout moment, je te tiens par la main. Je t'accompagne pour que tu ne te noies pas. Pour que nous ne coulions pas à pic tous les deux. Nous sommes faits l'un pour l'autre. Pour la vie.

Tu es mon grand amour, mon Andréa. Tu le seras toujours. J'attends de tes nouvelles. Quand tu seras prête, nous embarquerons sur notre radeau et nous nous laisserons flotter au gré du courant du long fleuve tranquille.

Je t'attends, mon amour.

Zoé en avait les larmes aux yeux. Elle replia soigneusement la lettre. Elle avait aperçu au bas l'adresse d'un poste restante à Hong

Kong. Il espérait toujours qu'Andréa lui réponde. Il vivait d'espoir. Il a attendu tout ce temps son « Reviens » qui n'arriva jamais.

Zoé prit son portable et signala le numéro de téléphone de Sophie, sa marraine d'abstinence.

***

Sophie venait de terminer son témoignage. Elle brillait toujours dans cet exercice. Elle parla de son septième anniversaire de sobriété. Elle montra fièrement sa médaille. La vingtaine de personnes qui assistaient à cette rencontre buvaient littéralement ses paroles. Il y avait là toutes sortes de gens : des jeunes et des vieux, des laids et de beaux, des pauvres et des riches. Depuis le début, Zoé avait été frappée par cette espèce d'égalité absolue qui régnait dans ce milieu. Un jeune sorti de la rue, tatoué de partout, pouvait être le parrain d'un homme d'âge mûr bien nanti. Tous les codes sociaux habituels se brisaient à l'entrée de la salle de réunion des *Narcotiques anonymes*.

Zoé était là encore ce soir. Elle avait été fidèle à ces rencontres hebdomadaires depuis le début… ou presque. Maintenant que sa peine de trois mois de travaux communautaires avait expiré, elle n'était plus obligée d'y aller. Ces rencontres lui faisaient tellement de bien qu'elle avait voulu continuer. Et il était dans ses intentions de persévérer. D'autres étapes restaient à franchir. Elle n'était pas au bout de ses peines. Elle le savait bien.

Quand la réunion se termina, Sophie alla la prendre par le bras en lui disant : « Tu as bien fait de m'appeler. Viens, on va marcher un peu». Ils sortirent ensemble. C'était le soir. Le soleil d'été venait de se coucher, mais il restait encore un peu de luminosité dans le ciel clair. Le crépuscule était tardif au mois d'août dans ce pays nordique. La chaleur de la journée, trop lourde, devenait supportable. On était bien. Elles décidèrent de se promener dans le Vieux-Québec. Que cette ville était belle ! Les vieilles maisons du XIXe siècle se cordaient sagement des deux côtés des rues étroites. Les terrasses des bistros de la rue Saint-Jean s'animaient d'une faune joyeuse et bavarde. La rue du Trésor encore encombrée de touristes à cette heure faisait l'étalage des croûtes vendues par les peintres du dimanche.

Elles débouchèrent sur la Place d'Armes, un espace dédié généralement au rassemblement des troupes militaires. Paradoxalement, se trouvait en son centre un immense monument néo-gothique dont la statue du sommet représente la foi chrétienne, vestige d'une époque où le catholicisme dominait outrageusement la vie publique. Le majestueux Château Frontenac surplombait l'ensemble architectural entourant le parc. Cet hôtel emblématique de Québec construit à la manière des châteaux français n'en avait pourtant pas l'âge : une centaine d'années à peine. Il restait un édifice fort impressionnant avec son toit en cuivre, ses tourelles, ses fenêtres mansardées et ses faux mâchicoulis.

Sophie et Zoé s'approchèrent de la statue de Champlain. Il avait fière allure ce personnage. Accoutré des vêtements bouffants d'époque, d'une épée dont on ne voyait que la pointe ressortir derrière, de son grand chapeau à plume. Le visage, noble et fier, n'était pas à son image toutefois. En fait, personne ne savait à quoi ressemblait Samuel de Champlain, le fondateur de Québec en 1608. Ce que l'on connaissait de son visage provenait de la seule peinture le représentant. Or il s'avère que le portrait avait été calqué sur celui d'un parent de l'artiste.

Elles contournèrent le monument et se dirigèrent vers la terrasse Dufferin. Ce vaste belvédère situé en face du Château Frontenac était le lieu privilégié de rencontres des habitants de Québec depuis plus d'un siècle. Il y avait une vue époustouflante sur le fleuve Saint-Laurent, sur la rive sud ainsi que sur l'île d'Orléans à l'est. Au loin, on pouvait apercevoir le début de la chaîne des Appalaches et en se tournant, on admirait celle des Laurentides. Ces deux immenses formations géologiques venaient se rencontrer ici, sur le Cap-Diamant.

Les deux femmes s'arrêtèrent à un boui-boui pour acheter une glace, une gourmandise incontournable en cette période de l'année.

Elles se trouvèrent un banc sous le dernier kiosque de la terrasse. Elles restèrent longtemps, assises là sans rien dire, à admirer la vue et à lécher consciencieusement leur friandise. Il faisait nuit maintenant.

— Où est la Voie lactée ? demanda Zoé.

— Je ne crois pas que l'on puisse la voir ce soir. De toute façon, la ville est bien trop lumineuse.

— Pourtant ma grand-mère est venue plusieurs fois avec mon père pour l'admirer.

— Je ne m'y connais pas trop en astronomie.

— Il paraît que si l'on sait bien examiner le ciel nocturne, on peut voir Andromède. Ma grand-mère dit qu'elle nous regarde de son œil bienveillant. C'est beau non ?

— C'est comme le Bonhomme en haut, mais au féminin.

— Ouais, on peut dire ça.

— Au fait, comment va-t-elle, ta grand-mère ?

— Eh bien, elle est décédée il y a trois jours. J'ai continué à passer régulièrement la voir même si je n'y suis plus obligée… J'étais attachée à cette vieille dame. Elle a vécu des choses si difficiles. Et si merveilleuses aussi. C'est bizarre, tu ne trouves pas, que quelqu'un puisse vivre des situations opposées comme ça.

— Pas si bizarre en fin de compte. Ça rassemble à la vraie vie, non ?

— Tu penses ? Je me demande si j'aurais été capable de survivre à ce qu'elle a vécu : mariée malgré elle à un mari violent ; libérée par un accident dont son mari ne s'est pas sorti vivant ; tombée follement amoureuse d'un étranger, mon grand-père, qui s'est révélé ne pas être celui qu'elle croyait, puis perdue dans l'alcool dont elle n'est jamais sortie.

— Tu t'es sentie proche d'elle ?

— En un sens, oui. C'était une femme simple qui ne cherchait qu'un peu de bonheur simple. Elle ne demandait pas grand-chose à la vie et la vie le lui a refusé.

— Comme toi ?

— Je ne sais pas… jusqu'à quel point je lui ressemble. Je ne sais pas…

— Je ne pense pas que tu lui ressembles. Je ne te connais pas beaucoup, encore moins ta grand-mère, mais je ne crois pas que tu lui ressembles.

— C'est vrai ce que tu dis. En fait, je ressemble beaucoup à mon père, physiquement, mais aussi par tempérament. Je ne crois pas que mon père aurait vécu une situation semblable à celle de ma grand-mère de la même façon qu'elle. C'était un battant, tu sais.

— Comme toi.

— Oui, c'est vrai… un peu comme moi.

— Qui aurait cru t'entendre parler ainsi lorsque je t'ai connue.

— Pourquoi dis-tu ça ?

— Tu te prenais pour une autre, tu sais. Tu faisais semblant d'être ce que tu n'étais pas : rebelle sauvage, impénétrable. Pourtant, on pouvait lire en toi comme un livre ouvert.

— Vraiment, j'étais si prévisible.

— Pas prévisible. Je ne dirais pas ça. Mais tu montrais un visage qui n'était pas le tien. Ça, c'était évident. Ce qu'il y avait derrière ton masque était très différent...

— En quel sens ?

— Tu te rappelles, j'espère, les douze étapes.

— Bien sûr, je les connais par cœur.

— Peux-tu me citer la quatrième ?

— « Nous avons procédé sans crainte à un inventaire moral approfondi de nous-mêmes »

— Quelle bonne élève studieuse !

— Je pense que je comprends ce que tu veux dire. C'est à moi de faire le chemin. Je ne peux pas attendre qu'un autre le fasse à ma place.

Sophie lui fit un sourire des plus engageant. Zoé le lui rendit. Elles se levèrent du banc et revinrent sur leur pas. Tout en marchant, elles regardèrent encore le panorama grandiose, Zoé se demanda quelles avaient pu être leurs réactions quand les premiers découvreurs arrivèrent ici au XVe siècle. Les rives étaient alors plantées d'arbres imposants, des chênes pour la plupart. Ils avaient navigué pendant des jours sur ce fleuve sournois plein de remous et de récifs dangereux, découvrant ces rives abruptes et inhospitalières. Ces marins n'avaient sans doute jamais imaginé une telle nature sauvage.

— J'ai appris que mon grand-père venait d'une région de France où les montagnes étaient pas mal plus imposantes qu'ici : les Pyrénées.

— Rien de comparable, en effet. Pourquoi s'est-il retrouvé au Canada ?

— Oh, c'est une longue histoire.

— Est-il toujours vivant ?

— Non. Il est décédé depuis longtemps. Tu sais, c'était toujours difficile pour ma grand-mère de parler de lui.

— Comme c'est difficile pour toi de parler de ton père à toi, non ?

Elles continuèrent de marcher en silence avant que Zoé réponde.

— Oui, c'est difficile, mais pas pour les mêmes raisons. Il a laissé un tel vide dans ma vie quand il est mort.

— Tu étais bien jeune.

— J'avais dix ans. Je me souviendrai toujours du moment où nous avons vu arriver deux policiers en uniforme à la maison. Nous étions une famille sans histoire et ma mère et moi nous demandions pourquoi ils étaient là. Le premier réflexe que ma mère a eu, ç'a été de dire que papa n'était pas à la maison, que nous l'attendions. C'était papa qui s'occupait de tout chez nous. Les policiers ont enlevé leur casquette et nous ont demandé de nous asseoir. Ils se sont assis à leur tour. Ils étaient très bien ces policiers. Ils ont pris toutes les précautions pour nous annoncer...

Zoé s'arrêta de parler, étouffée par l'émotion. Elle revivait avec les mêmes sentiments qu'autrefois cet événement bouleversant.

— On ne souhaite jamais cela à un enfant.

— Non, ça, c'est certain.

— Tu as dû être tellement triste.

— Triste évidemment. Triste...

Comme Zoé hésitait à continuer, Sophie la regarda en lui faisant un signe de la tête pour l'encourager à continuer.

— J'ai découvert il n'y a pas si longtemps que j'avais refoulé autre chose bien au fond de mon coffre au trésor secret...

— C'était quoi ?

— De la colère... j'ai été furieuse contre lui pendant toutes ces années. Je ressentais de la peine bien sûr, énormément de peine. Mais il y avait toujours ce fond de colère noire que je n'osais pas m'avouer. Une colère qui a fait fuir les autres autour de moi… une colère qui m'a fait lancer une chaise à travers une vitre.

— Tu lui en voulais…

— Oui, je lui en ai voulu terriblement…

— De quoi donc ?

Zoé éleva la voix à faire tourner la tête des quidams qui passaient à proximité.

— De m'avoir quitté ainsi… Il aurait dû faire plus attention… Pourquoi cette moto ? … Pourquoi aller si vite ? … il était responsable de sa fille… Il aurait dû le savoir… Il n'avait pas le droit de m'abandonner… il n'avait pas le droit…

Elles continuèrent à marcher lentement, éclairées par les réverbères jaunâtres bordant le Château Frontenac.

— Va te reposer un peu. Demain, tu viendras luncher avec moi. Je connais un beau petit coin tranquille.

— D'accord.

***

Les deux femmes traversaient à pas lents les Plaines d'Abraham, ce témoin de la bataille qui avait fait perdre la Nouvelle-France aux mains des Anglais. Le rêve caressé par François 1er et ses descendants de faire de ce continent une nouvelle terre française venait de disparaître. L'Amérique serait anglaise.

Les plaines d'Abraham étaient devenues un très beau parc avec des arbres centenaires, de grands espaces gazonnés et une vue imprenable sur le fleuve et la Rive Sud. Les deux femmes suivaient un sentier qui les menait en bordure de la falaise. Elles portaient dans une main un sac brun et dans l'autre une bouteille. Elles longèrent la Citadelle de Québec, cet édifice construit « à la Vauban » par les Anglais pour défendre la ville. La Citadelle, comme les vieux canons exposés sur les plaines, n'avait jamais servi.

L'une des femmes était plus petite que l'autre, plus trapue aussi, mais plus élégante. L'autre plus grande, élancée, athlétique, plus jeune, portait un jeans noir et un t-shirt sobre. Sophie et Zoé arrivèrent à un banc libre près de la corniche. Elles étaient chanceuses de trouver cette place. De nombreux employés gouvernementaux font leur pause déjeuner ici en plein air lorsque la température s'y prête comme aujourd'hui. Ils apportent leur casse-croûte et s'assoient par terre à trois ou quatre tout en grignotant leur sandwich. On aurait dit parfois une scène du déjeuner sur l'herbe, sans les canotiers et les longues jupes d'été.

Zoé et Sophie dégustèrent en silence leur jambon beurre en prenant systématiquement une gorgée d'eau en bouteille.

— Une bonne idée que tu as eue, Sophie, de venir ici. Il fait tellement beau.

— Ce n'est pas la première fois que je fais ça. Quel beau pays tout de même, tu ne trouves pas ?

— Oui, c'est certain.

Zoé venait de terminer son sandwich et s'essuya délicatement les doigts pour en faire tomber les graines de pain.

— Je repense à ma grand-mère.

— Oui ! C'est triste. Comment tu vas ?

— Ben, ce n'est pas comme si je l'avais connue depuis toujours, tu comprends ?

— Bien sûr. Mais tu t'y étais attachée quand même.

— Je lui ai tenu la main au moment de sa mort. C'est la première fois que je fais ça : tenir la main de quelqu'un pendant qu'il meurt. Il y a quelque chose là-dedans de… je ne sais pas comment dire….

— De spirituel ?

— Oui, c'est ça… de spirituel… Tu sais que j'ai prié…

— Ça ne m'étonne pas.

— Ah non ?

— Non

Quand Zoé tenait la main frêle et froide de sa grand-mère, elle avait senti une chaleur en elle. C'était moins la tristesse qui la traversait que la sérénité. Elle croyait être effrayée de voir ainsi partir quelqu'un vers un autre monde. Mais elle était plutôt sereine. Elle comprenait d'une certaine façon que la vie était plus forte que la mort, qu'elle se transmuait plutôt, changeait de forme en se répandant dans le cosmos.

— Cette femme n'a pas eu la vie facile, tu sais.

— Elle t'a touchée, n'est-ce pas ?

— Jusqu'à un certain point... je me suis reconnue en elle. Nous n'avons pas eu la même vie, bien sûr. Elle a vécu à une époque et en un endroit très différents. Mais je me suis quand même reconnue en elle.

— Elle s'était confiée à toi ?

— Oui et je prends ça comme un beau cadeau. Après tout, j'étais une étrangère pour elle.

— Pas tout à fait quand même. Puis, ne l'oublie pas, elle était dans l'urgence. Tu es une fille capable d'écouter, tu sais.

— Je pense qu'elle aurait facilement pu mourir sans rien me raconter. Non, c'est autre chose. On aurait dit qu'elle voulait me passer un message.

— Ah bon ! Et comment cela ?

— Je ne sais pas. Une intuition. En tous cas, son histoire me parlait. La petite fille qu'elle était, heureuse, bien dans sa peau, confiante en la vie, c'était moi quand j'étais petite fille. Je me

revoyais tranquille, en sécurité, entourée d'amour. Et puis après…
et bien après…

— Tout a changé ?

— C'est ça… Ma grand-mère ne méritait pas ce qui lui est
arrivé. On aurait dit que le sort s'est acharné sur elle. Ses épreuves
sont devenues insupportables, hors de son contrôle.

— T'es certaine qu'elle n'avait rien à y voir ? Il arrive parfois
que ce que sans le vouloir nous nous faisons du tort aussi.

— Peut-être… dans son délire à la fin, elle me parlait de ces
poissons monstrueux qui remontaient du fond de l'océan pour venir
la dévorer. Juste avant de mourir, elle revivait le cauchemar qu'elle
faisait dans son enfance.

— Ça t'a frappée, ce cauchemar ?

— C'est-à-dire que je ne pense pas avoir compris ce qu'elle
voulait dire. Elle délirait, tu sais.

— Oui, mais cela t'a quand même frappée. Tu disais tout à
l'heure que tu te reconnaissais en elle.

— Jusqu'à un certain point…

À n'en pas douter, Zoé hésita à s'engager sur ce chemin. Elle
avait beaucoup appris sur elle-même en écoutant sa grand-mère,
plus qu'elle ne le pensait, plus qu'elle ne l'aurait imaginé. Andréa
ne lui avait pas seulement légué une vulgaire boîte de chaussure.
Elle commençait à en prendre conscience.

— « Nous avons avoué à Dieu, à nous-mêmes et à un autre être humain la nature exacte de nos torts », dit en marmonnant Sophie

— Qu'est-ce que tu dis ?

— Tu as très bien compris, Zoé.

— Oui… c'est sûr… la cinquième étape… Oui… évidemment.

Zoé fixa l'autre côté du fleuve. Elle gardait ce poids sur le cœur depuis tant d'années. Elle avait cru pouvoir l'éteindre, le détruire, l'annihiler. Si elle s'était jetée à corps perdu dans le *snowboard*, c'était pour oublier ce poisson hargneux qui lui rongeait le cœur.

— Je ne croyais pas que ma grand-mère me connaissait si bien. Je ne lui avais pas raconté grand-chose de ma vie. Mais elle avait compris l'essentiel, je pense. Tout juste avant de fermer les yeux définitivement, elle m'a murmuré quelque chose à l'oreille… ça m'a terriblement bouleversée…

Zoé était émue, mais elle retenait ses larmes. Elle s'était promis qu'elle ne pleurerait pas.

— Elle m'a dit : « Ne fais pas comme moi, Zoé. Laisse-toi sauver ».

Les larmes ont quand même coulé, mais pas comme un torrent, plutôt comme une source d'eau vive.

— Je crois bien qu'elle avait compris. Moi aussi je me suis sentie abandonnée. Mon père mort, je suis tombée dans le vide.

Plus aucun repère, plus aucun soutien. J'ai perdu mon roc lorsqu'on l'a enterré. Mes racines ont été coupées nettes. Papa croyait en moi, plus que moi-même parfois. Je ne sais pas d'où lui venait cette force. Il avait pourtant vécu de telles épreuves lui aussi. Peut-être que la force, c'est une question de gènes. Son père lui aussi était un géant.

— Peut-être qu'il t'a transmis ses gènes... tu y as pensé ?

— En tout cas, je ne l'ai pas cru... au contraire. J'ai été tellement désespérée à sa mort, complètement démunie. Je n'avais plus cette gaieté qu'il adorait, la volonté de réussir qui faisait sa joie. On aurait dit que j'étais morte avec lui.

— Pourtant, tu sais très bien que ce n'est pas ce qu'il aurait voulu.

— Oui, oui, je le savais ça... mais je n'y pouvais rien. Il m'avait laissé tomber et... et...

— Et quoi ?

— J'avais une peur folle de ne pas... c'est difficile à dire...

— De ne pas être à la hauteur ?

Zoé cette fois ouvrit les vannes et les pleurs s'écoulèrent en abondance sur son beau visage.

— ... de ne pas être à la hauteur... c'est ça. Je n'y arriverais pas, c'est certain. Mon père disparu, mon roc, je n'y arriverais pas.

— C'est pour ça que tu voulais te prouver à toi-même que tu étais capable… avec un *snowboard*.

— J'imagine que oui… Je lui ferais honneur… je serais capable, comme une grande. Il me le répétait tout le temps : comme une grande… « Regarde papa, comme tu dois être fière de moi ». C'est la phrase qui m'a perdue quand j'étais tout là-haut dans les airs, avant de faire mes *tricks*.

Zoé pleurait encore abondamment. Elle chercha un mouchoir que Sophie lui offrit. Zoé continua.

— Quand ma grand-mère m'a murmuré à l'oreille : « laisse-toi sauver » … J'ai compris… J'ai finalement compris.

Zoé cessa de pleurer. Elle s'essuya les yeux maintenant secs qu'elle leva ensuite au ciel, un ciel ensoleillé lui rappelant les beaux dimanches d'été d'autrefois.

Son papa était là. Il était là. De la même façon qu'Andromède avait veillé sur Andréa autrefois, son papa observait maintenant Zoé avec bienveillance, comme il allait continuer à le faire pour le reste de ses jours.

Elle en était dorénavant assurée.

Épilogue

Zoé traversa le même couloir vert sale avec ses rangées de cases grises cabossées. Il n'y avait pas d'étudiants au CÉGEP. Il était trop tôt. Les cours n'avaient pas encore commencé. Elle alla directement au bureau du directeur au dernier étage. Ce bureau, elle le connaissait bien pour l'avoir fréquenté naguère, pas nécessairement pour les bonnes raisons.

En arrivant devant la secrétaire, elle ne la reconnut pas. C'était l'été, du moins la fin de l'été. Les employés permanents n'étaient pas encore arrivés. Elle se présenta : « je suis Zoé Joncas. Le directeur m'attend ». La jeune fille examina son ordinateur, regarda de nouveau Zoé et signala sa présence à M. Perreault.

— Vous pouvez entrer.

Zoé ouvrit la porte délicatement. Elle entendit Monsieur Perreault lui dire : « Entre, Zoé, entre ». Quand elle eut pénétré dans le bureau, monsieur Perreault était penché sur un dossier. Il commença à se lever pour recevoir Zoé et s'arrêta à mi-chemin de son élan lorsqu'il l'aperçut.

— Doux Jésus ! C'est bien toi, Zoé ?

Évidemment, Zoé avait bien changé. Elle avait mis un pantalon jeans noir tout neuf. Elle portait des ballerines en suédine noire. Un chemisier blanc à manches longues mettait en valeur son teint mat. Sa coiffure rehaussait son beau visage. Elle portait des boucles d'oreilles avec des perles. Il était facile de comprendre pourquoi Monsieur Perreault ne la reconnaissait pas.

Monsieur Perreault contourna son bureau. Il alla l'accueillir en l'embrassant sur les deux joues. Zoé était ravie de cette délicate attention. Il l'invita à s'asseoir sur l'une des deux chaises en face de son bureau. Il reprit sa place et il lui demanda.

— Il y a longtemps ! Ça me fait tellement plaisir de te voir. Tu as l'air en grande forme.

— Je ne suis pas encore rétablie, mais ça va mieux.

Après un moment de silence que ne voulut pas briser le directeur, elle ajouta.

— Je trouvais important de revenir vous voir pour m'excuser de mon comportement. Ce que j'ai fait était inacceptable.

— Voyons Zoé. Tu n'étais pas bien. Ici, tout le monde l'a compris.

— Vous n'aviez pas à payer parce que j'allais mal.

— Comme je te trouve changée, Zoé. La dernière fois que nous avons tenté d'avoir une conversation ensemble, tu étais recroquevillé sur cette chaise et tu me lançais des regards furieux. Tu as fait des pas de géant en quelque mois. Que t'est-il arrivé ?

— Oh, c'est une longue histoire. J'ai rencontré de gens qui m'ont aidé… je me demandais M. Perreault s'il était possible de reprendre ma dernière année d'études ici.

— Bien sûr Zoé. Certainement. Tu as été l'une de mes meilleures élèves… quand tu ne t'amuses pas à lancer des chaises par la fenêtre.

Zoé rit franchement à cette boutade de M. Perrault qui s'amusait follement. Il était tellement content de la voir ainsi. Il ajouta.

— Et je serai même fier de te retrouver dans nos murs. Je vais faire le nécessaire et je te recontacterai.

— Merci beaucoup, M. Perreault.

— Qu'as-tu l'intention de faire après ton DEC ?

— J'irai à l'université sûrement.

— Tu as des projets ?

— Peut-être Psycho. Je ne suis pas encore certaine.

M. Perreault se leva et tendit la main à Zoé à travers le bureau. Elle la lui serra.

Elle s'apprêtait à sortir lorsqu'elle se rendit compte qu'elle avait oublié de replacer sa chaise. Elle la souleva de ses bras solides jusqu'à mi-corps et regarda la fenêtre pendant plusieurs secondes, puis jeta un regard malicieux au directeur. Elle remit la chaise à sa place. Les deux se regardèrent en souriant. Zoé sortit du bureau le cœur léger. Elle retira son portable de sa poche arrière et signala un numéro.

— Allô, Jessy, c'est moi, Zoé.

FIN

www.ingramcontent.com/pod-product-compliance
Lightning Source LLC
Chambersburg PA
CBHW070443030726

47503CB00004B/860